追放
悪役令嬢の旦那様
3

主な登場人物
ダージス
ユーフランたちの元クラスメイトである伯爵令息。目の前で困っている人を助けてしまうお人好しで後先考えない性格。
ユーフラン
王太子や公爵家令息たちのパシリだった伯爵令息。エラーナと『交際０日結婚』の後、『緑竜セルジジオス』に身を寄せている。

クラナ
レグルスが『赤竜三島ヘルディオス』の養護施設から連れてきた少女。最年長で下の子たちを庇護するお姉ちゃん。
エラーナ（ラナ）
才色兼備の元公爵令嬢。王太子に婚約破棄＆国外追放された。前世の記憶を持ち、その知識を使って便利な竜石道具を提案して、平民ライフを満喫中。
ファーラ
レグルスが「赤竜三島ヘルディオス」の養護施設から連れてきた少女。竜力を遮断してしまう加護なしの体質。

Contents

追放悪役令嬢の旦那様

3

古森きり

イラスト
ゆき哉

1章　退屈のない日々

9月も半ば。俺とラナが『青竜アルセジオス』を追放されてあっという間に半年も過ぎた。小麦パン屋とカフェの店名も決まり、看板はクーロウさんに発注済み。完成は1カ月後で、開店予定は2週間後。

頭を抱えるラナさんだが、仮看板は作ってくれるそうなのでパン屋はギリでなんとかなるんじゃないかな？

さて、そんな俺は作業場からラナに頼まれていた竜石核を持って、隣の倉庫に用意しておいた道具に核を取りつける。これはトイレ。ラナの前世の世界では、清潔で気持ちがいいと世界から絶賛されたという——商品名『シャワートイレ』。

なんでも便器の中からノズルが延びて、そこから温水が出てお尻を洗ってくれるものなんだとか……。これ考えた奴頭おかしくない？　トイレで尻を洗おうという——その発想。

陶器の便座は『エクシの町』の陶器取扱店店主から陶芸家を紹介してもらい、オーダーメイドで作ってもらった。当たり前だが陶芸家さんも「え？　尻を洗う……？」という反応。

……ですよねー。

まあ、なんにしてもこれで完成。さらりと便座やノズルを掃除し、自宅に戻って1階のトイレに組み立てながら取りつけていく。

ナイフで指を切り、道具に竜石核をつけて――と、よし、完成っと。

……なんかやっぱ使うの怖いな。でもだからってお尻みたいな、そんな人体の弱点の1つをお試しもなくラナに使わせるのは……！

「……ふーーーーっ……」

覚悟を決めろ、俺。ラナを守るにはやるしかない。指でのチェックも手の平でのチェックも問題はなかった。そう、水圧操作は完璧だ。温度もほどよく人肌。便器の温度も――うん、温まってきた。こちらも問題ない。

便座が温かいのは、確かに気持ちが良さそうだよな。これは王侯貴族に人気が出る、間違いなく。レグルスは真っ先にこの国の王族に売り込むだろう。

ズボンを脱いで便座に座る。便座の脇に設置したスイッチに手は届く――問題はない。

じゃあ、いよいよ……水圧と、位置、だな。

……え、普通に怖いんだけど。だってお尻だよ？　怖い。でも、これも試さないと、ラナにはとても出せない。ラナの望んだものだが、安全性の確認がこんなに緊張するの初めてだな。

「よし」

一度心を落ち着け、深呼吸してスイッチを入れる。もし万が一俺の尻がダメになっても、ラナが無事ならそれでいい!!

「────っ⁉」

………………ジャーーーーー。

トイレから出る。ラナは店舗の方か。

ふらふらしながら自宅の厨房《ちゅうぼう》脇に追加で作られた扉から、ラナの牧場カフェ店舗へと移動する。店舗厨房に通じるその扉から出ると、まず見えるのはカウンター越しの広いホール。座席数は1階が4人がけテーブル5つで20席。2階は屋根なしのテラスになっており、4人がけ4つと3人がけ、2人がけが2つずつで26席。

さらに天気のいい日は庭にテーブルと椅子を持ち出すことも可能という、なかなか大きな店である。……まあ、庭はまだあんまり整えられてないんだけどね。ラナが花壇作る計画立ててたから、そのうち室外の席もクーロウさんちの若い人たちがかき氷食べてた時みたいに、開放感も手伝って賑《にぎ》わうんじゃない？

まずはカフェの無事の開店──なんだけど……。

「ラナ？　どうかしたの、そんなところで頭なんか抱えちゃって」

「ロザリー姫から、他の貴族に試食してもらった小麦パンが好評って聞いて、王都『ハルジオン』の方でも支店ができるのが決まったの。『エクシの町』の本店もまだ開店してないのに……！　その上『ハルジオン』の支店の場所と資金と人員の確保の目処《めど》がついた、ってレグルスからも手紙が来たわ……」

「え、すごいじゃん。もう？」

さすがやり手の商人と名の通っているレグルスだ。

しかしそんなにめでたい内容の報告をもらったにしては、ラナの顔色が悪いし表情も暗い。

一体どうしたというのか。

「……問題は牧場カフェの方よね」

あ〜……っと、カウンターからホールの方に移動しながらつい、声が漏れる。

ホールの座席に座り、テーブルに手紙や企画書、決済報告書を散乱させているラナの、なんとも疲れ果てたような声。

「メニューまだ悩んでるの？」

「だってー、あんまりメニューを増やしたら私がわけ分かんなくなりそうなんだものー」

「メニュー表作れば？」

「……それだわ、なんで今まで思いつかなかったのかしら」

頭を抱えてテーブルに突っ伏していたラナが勢いよく顔を上げる。

そんなに衝撃的なことを言った覚えはない。ラナは時々アホ全開だなぁ。アホ可愛い。

「よし、そうしよう！　ありがとうフラン！　んー、悩みごとも解決してきたし、ちょっと早いけど夕飯の準備始めちゃおうかしら」

ラナがご機嫌になって背伸びをする。

ふふ、お互い「言葉にしづらいことを整理して手紙で書いて交換しよう」って言ってた手紙の件には、触れなくなってきたな。イコールお互いめちゃくちゃ煮詰まっているってことだ。参ったね！

「あ、そうだ。ラナが言ってた『シャワートイレ』できたよ。設置も終わった」

「本当!?　さすがフラン！　仕事が早い!!　これで冬に冷たい陶器の便座に座らなくて済むわ〜！　ラノベの世界って基本トイレ事情とか書かれないから心配してたのよ！　フランという存在がいなかったら、私本当に耐えられなかった！」

大げさな。っと、言いたかったが喉《のど》で止まった。

俺があまりにも真顔でラナを見ていたせいだろう。ラナも満面の笑みを消して、真顔になる。

「……体験したのね？　アレを」

「ヤバいね、アレは」

「でしょう？」

――コンコン。


「ん？」

「あら？　こんな時間に誰かしら」

夕暮れ空になりつつある時間帯。夕飯準備にはやや早めだが、人が来るには遅すぎる。

俺が出るから、とラナに告げて、ノックされた玄関扉に向かう。

人の気配――それも複数。外でまだ家畜の番をしているだろうシュシュは吠《ほ》えてない。ということは敵意ある人間ではないってことかな？

「はい……って、お前」

「あ……ユ、ユーフラン」

カタカタと身を震わせる男。その足下ではシュシュが尻尾を振っていた。

「どなた？」

ラナが後ろから声をかける。あー、うーん……これはー、どーしようかなー……。

「ん、まあ、ちょっと事情だけ聞いてみる。待ってて」

「え？　ちょ、本当に誰？」

「いいからいいから」

ラナに見えないように扉を少し狭めて、その隙間から外へ出る。で、閉める。

扉は中から開かないように踵《かかと》で押さえつけ、とりあえず目の前にいる男に向き直った。

しかし、この男より階段の下――牧場入り口にあるアーチ門の下の、大型テントつきの荷馬車の方が気になる。あの馬車から感じる人の気配がすごい。

あーあ、なんかもうすでに嫌な予感しかしないんですがー。

「おいおいおいおい、どーゆー厄介《やっかい》ごと持ち込んでくれたわけ？　ダージスくーん？」

「…………」

笑顔は作れた。しかし、絶対笑いごとでは済まされない状況だろコレ。

馬車から、目の前に立ったまま、唇を噛《か》んで小刻みに震える男に視線を戻す。

深くフードを被《かぶ》ったそいつは、俺と同じ『青竜アルセジオス』の伯爵家子息ダージス・クォール・デストだ。数カ月前にお忍びで現れて、俺に「スターレットが使い込んだ工事費用をなんとかして欲しい」と言ってきた。あれ、なんとかなったんじゃないの？

「……実は……『竜の遠吠え』でクラガン地区の1つ……『ダガン村』が……っ」

「それはご愁傷様《しゅうしょう》としか言いようがないけど……は？　じゃあまさかあの荷馬車の中……」

「『ダガン村』の奴らだ、身寄りのない奴らだけだが……。スターレットの奴、クラガン地区のこと、『何事もなく無事である』と報告しやがって……」

「…………」

スターレット、お馬鹿がすぎる。もはや救えないレベルまで落ちたな。

マジかよ、これは頭が痛い。

『青竜アルセジオス』は大きく3つの地区に分かれており、クラガン地区の領主であり全地区の工事関係を担うのがスターレットの家、フェンディバー公爵家、というわけ。

ちなみにスターレットんちが〝公爵〟の爵位を与えられていたりするのは、血筋に現陛下の従姉妹《いとこ》がいるのと、国家主導の公共工事全般を任されているからが理由だったりする。

なのに、自分の工事の不手際を隠すために、流れた村の人たちを……ダージスに押しつけたらしい。なにそれヤバい。頭が、痛い。

「いやいや、さすがに地図から村の名前が1つ消えればバレるだろう。税収だって減るし、『ダガン村』といえば穀物《こくもつ》や野菜を生産する農家を増やすのを目的に、陛下が直々に指示して作られた村じゃないっけ？　いずれ町に発展させるようにって……」

「え？　そ、そうなのか？」

知らないんかい。

「それは、まあ、なんつーか……」

クラガン地区は『緑竜セルジジオス』に隣接する地区である。

そして陛下の肝《きも》いりで作られた村……『ダガン村』は、『緑竜セルジジオス』に一番近い『青竜アルセジオス』の村、と言えよう。

俺とラナがこの国に来る時に使った道は公道であり、『ダガン村』へは公道から延びる脇道を東に進まねばならないので寄らなかった。遠回りになっちゃうからな。

正確には、村を発展させ、町にすれば、公道まで到達する——予定だったんだ。

ああ、頭が痛い。スターレットよ、なんてことをしてくれやがったのか。

『ダガン村』は、今後の『青竜アルセジオス』の食糧供給に大いに貢献する予定だったのだ。

それが流された。高台避難施設へ避難用の橋の建設が行われていたはずが、作りが甘く流された、とか「身寄りがある奴はそっちへ行け。他は知らない」と言い渡されてダージスが絶望したとか……まあ、ポロポロポロポロポロ出るわ出るわ。

「おっけー、了解」

「！　助けてくれるのか！」

「いや、とりあえず親父に連絡する」

チクるとも言う。あとついでに別ルート使って、アレファルドにもチクる。

さすがにこれは、次期国王のアレファルドの耳にも入れておいた方がいい案件。

ん？　陛下の耳にも入るんじゃないかって？　入るんじゃない？　どーなっても知らんけど。

だってそれだけの案件だもん、スターレットお疲れ様でしたって感じなの、しょーがないでしょ。無知すぎてさすがの俺も引いている。

「まず何人連れてきたの」

「……さ、32人だ」

「多いな。で？　彼らの意思はどうなの？　『緑竜セルジジオス』に移住したい？　それとも『青竜アルセジオス』に帰りたい？」

それによって対応が変わるんですよ。

だというのに、連れてきた村人は全員身寄りがなく、村が流され、知り合いとも引き離され、とにかく全員が憔悴《しょうすい》しきっていると言われてしまった。

あー……そう、か。その辺の配慮、俺はできないからな。……ラナ？　ラナに対しては別。

「仕方ない……。少し待ってて」

「あ、ああ」

これは俺１人では対処できない。

なので、扉を開けて夕飯作りに勤《いそ》しんでいると思っていたラナに声をかけようとしたら……。

「さあ！　全員店舗の方へ案内しなさい！」

玄関で腰に手を当てたラナさんが、おたまを俺とダージスに向けて指示する。

なんとなく気配は感じていたけれど。

「……盗み聞いてたね？」

「はしたないのは謝るけど、隠しごとをしようとしたフランが悪いのよ。あんな言い方されたら気になって聞き耳立てるのは人の性《さが》！」

そうか？

「料理経験のある者は前に出なさい！　スープを作るわよ！」

外へ出てきたラナがおたまを振りかざし、馬車の中へ向かって突然の宣言。

おかしいな、この子『憔悴してる』って部分、もしかして聞き漏らしてる？

だが、馬車から数人の女性が顔を覗《のぞ》かせて、「料理、私できます」と手を上げ始めた。疲れ果てた顔はしているけど、お腹は空いてる感じ？

「は？　はぁ!?　料理……って、まさかエラーナ嬢……!?」

「ん？　アンタ誰？」

おかしい。ずっと俺の横にいたはずなのに……むしろ俺と〝誰か〟が会話しているのに、盗み聞きしてたんなら気づいていただろうに。

思い切りダージスの存在に「今気づきました」とばかりの顔で、ダージスを見上げるラナ。

「ダージス・クォール・デスト。俺たちと同じクラスの伯爵令息だけど。覚えてる？」

一応、『青竜アルセジオス』の学園時代は同じクラスの級友だ。この様子……まさか――。

「え？　…………。……あ、そ、そう？　そういえば、まあ、なんとなく、クラス……あー、はいはい、そうね、うん……いたような気も……しないでもないような……」

「素直に覚えてないって言えよ！」

ラナさん、クラスメイトに興味なさすぎでは？

目を逸《そ》らしながら「き、きっと記憶の混濁《こんだく》のせいよ」と言い訳してるけど、学んだことはともかくクラスで一緒に生活してた奴のことも覚えてないのはどうかと思う。

俺は年間レベルでクラスにほぼ不在だったけど。ほら、あの、仕事が色々ありまして？

国内どころか、国外も飛び回ってましたから？　いくらアレファルド関連のパーティーで何度か顔を合わせててもまるで覚えられてなかったとしても、俺は覚えられてなくてもまあ、仕方ないけど？　だから俺のことを覚えてないのはギリ分かる。ギリ。

でもダージスは皆勤賞ですから。間違いなく教室で顔を合わせていたはずなのに？

「まあ、いいわよ。アンタがどこの誰でも！」

「いや、よくはねーだろ！」

「どうでもいいから、フランと一緒に、今から町へ毛布なり着替えなりを買いに行ってらっしゃい。すぐお店が閉まる時間になるわよ！　ほら！　男どもはボケっとしてないで、今夜自分たちが寝る場所を作るくらいしなさい！　料理できる子は、こっちの建物の厨房で全員分の食事作るわよ！　食材はたくさんあるから、手分けしてまず野菜を洗って！」

うちの奥さんたくましすぎではあるまいか？　はあ？　カッコイ……!!

すぐに32人分の毛布買ってきます。他に必要なものがあったらお申しつけください！

「フラン」

「はいはいーい。了解でーす。行こう、ダージス。野郎はともかく、女性に寝心地の悪い床で寝てもらうのは心苦しい」

ラナがカッコ良すぎで惚《ほ》れ直す。はぁ〜、なんなのこの子、アホ可愛いだけでなくカッコイイところまであるなんて……上限が見えない。

まあ、それプラス、だろうな。この人数、受け入れるのは俺たちだけじゃ無理だ。

彼らの身の振り方も全員が同じではないだろう。毛布を買いに行くついでにクーロウさんに事情を話して、ドゥルトーニル家の方へも連絡してもらわなけりゃならねーよ。

ラナが俺にダージスを連れて町へ行け、と言ったのは、それを意図してのことだ。

荷馬車にいた村人とわずかな荷物を下ろし、俺とダージスで『エクシの町』へと向かうことにした。しかし、馬車の中をチラ見すると思った以上に荷物が少ない。皆、着の身着のまま逃げてきた、って感じかな。だが、あれだけ荷物が少ないということは……。

「人的被害が出たのか？」

「っ！」

牧場から出て、少し離れてから、馬車の御者《ぎょしゃ》をするダージスへ聞いてみる。

分かりやすく硬直する体と、青ざめる表情。この反応を見るに、なかなかの人数が犠牲になったと見ていいな、これは。

俺の知ってる『ダガン村』の規模は家が90軒程度、村民人口も400人未満。

その中でさらに身寄りもないとなると、その〝身寄り〟だった家族と離ればなれになったって可能性が高い。その上で、着の身着のまま『緑竜セルジジオス』まで逃げてこなければならないほどの緊急性。

荷物が少ないというのは目の前で家族が亡くなるところを――いや、それならこれ以上聞くのは酷《こく》だな。やめておこう。

ただ、別に珍しいことではない。『竜の遠吠え』は天災だ。時折、犠牲者も出てしまう。

そうならないように備えるのが領主であり、地区主であり、貴族の役割なのだ。

「……俺の……っ、クォール家のせいにされるんだ……」

「だから連れて逃げてきたのか」

「だって、だって……！　じゃあ、他にどんな手があったっていうんだよ！　アレファルド殿下は俺みたいな下っ端の話なんか聞かない！　スターレットに言いくるめられて……公爵家の権威に……俺と、家はなにも言い返すこともできずに潰《つぶ》されるんだ！」

俯《うつむ》いているから、その表情はよく見えないけど——言ってることはまあ、その通りだろう。

『青竜アルセジオス』の平民や下級貴族にとって、公爵家と王家は守護竜にも等しい存在。アレファルドは伯爵家以下の貴族と会話することはなくなっていたし、ラナ以外の公爵家のアホ子息たちの中でもスターレットは眼鏡かけてる分くらいには狡猾《こうかつ》。

まあ、アホっちゃアホなんだけど。他の2人よりは幾分、つー話ね……多分眼鏡の分くらい。

「じゃあ、どーすんのお前。お前も『緑竜セルジジオス』に亡命希望？　だとしても『青竜アルセジオス』の方に色々手続きで書類とか送らないとダメだし、こっちで生活するって言っても平民からスタートだけど？　アテとかあるの？　まさか俺をアテにはしてねーよなー？」

「っ……」

「まあ、すぐに全部決めろとは言わないけど。でも身の振り方くらい、考えてから逃げてこいよ。それも32人も背負い込んで来やがって。マジ、後先考えてないとか最悪」

「…………」

このくらい言っておけば自分の背負っている命とか人生とか、少しは自覚してくれるかな。

とはいえ、ダージスの実家も今頃大変だろう。

今俺が言った『手続き』関連、未だに『青竜アルセジオス』にいるとしてもダージスが村人抱えてここまで逃げてきちゃったから、事実確認とかでてんやわんやしてるはず。

その事実確認の中で『ダガン村』が流されて、『緑竜セルジジオス』まで身寄りのない者たちがダージスに連れられてきたことは──果たしてどのように見られ、判断され、どう処理されるのか。

……とりあえず毛布買って、クーロウさんに連絡相談、町にいる間にダージスに実家へ手紙を書かせて……俺も親父にチクる手紙を書こうっと。

「…………はあ」

自分でも意外なほど深い溜息《ためいき》が出た。

アレファルド、あの日の俺の言葉は、お前の心に届いていただろうか？　今回の件もお前の傲慢《ごうまん》さが引き起こしたことだぞ。反省しろ。

俺で最後に……してくれれば良かったんだが……なぁ。

◆◇◆◇◆

さて、翌日だ。

ラナが女たちに料理を作らせ、男たちは1晩しっかり眠って落ち着いたのか、畑仕事を自主的に手伝ってくれている。ぶっちゃけ、実に助かる。

野菜や果物などは有り余るほどあるのでじゃんっじゃん消費してくれて構わない。

「やれやれ、面倒なことになりやがったな」

ぼりぼりと後頭部をかきながらぼやくのは、昨日連絡しておいたクーロウさん。

『エクシの町』の代表者として、隣国から逃げてきた難民をどうするか、まずは様子を見に来てくれたわけだ。……まあ、仕事だもんね。面倒くさくても来ないわけにはいかないよね。

面倒くさい気持ちはとてつもなくよく分かるんだが、今回ばかりはマジに申し訳ないけど俺のせいではないので俺を睨《にら》むのはお門違《かど》いだよ。

「ねえ、クーロウさん、おじ様——いや、ドゥルトーニル家は？」

「明日来る。連絡はやったからな。……で？　身の振り方は全員決まっているのか？」

腕を組んだクーロウさんが、ちらりとダージスを見る。いや、睨む、かな？

「……お、俺は……」

「いいかしら？　『ダガン村』の人たちは移住を希望してるわ」

遮《さえぎ》るように入ってきたのはラナと1人の青年。名をカルンネさんと言うそうだ。

ダージスよりはしっかりしてそうな顔。

「移住っつーことは……国民権も欲しいってことか？」

「そ、そうなりますかね。お金はかからないんですよね？」

ふむ、クーロウさんはさすが1つの町の長。やはり見据えているなぁ。

クーロウさんにそう質問されたカルンネさんも、真っ先にお金のことを聞くとはやはりしっかりしている。だが知らないのも無理はない。仕方ないので俺が教えてあげよう。

「ああ、この国の国民権取得に金はかからないよ。でも、平民の場合『青竜アルセジオス』から国民権を抜く時にお金がかかる。1人金貨1枚」

「!?」

「え！　そ、そうなの!?」

ラナも驚いている。ってことは知らなかったな？　まあ、俺たちの時はお金かかってないもんね。でも、俺たちと彼らでは『身分』も『事情』も違うのだ。

「そうなの。俺たちの場合は爵位継承権剥奪《はくだつ》でチャラ。貴族辞めます、ってことで払わなくて済んでいる。でも、国としては国民が減るのは困るでしょ？　だから国民権の破棄《はき》には金貨1

枚が必要になるんだ。逆に言えば、お金さえ払えば自由の身。どこへなりとどーぞってこと」

　平民に金貨1枚は大金も大金。

　発明品が高額でぽんぽこ売れていくから忘れがちだが、平民は金貨1枚で家が建つ。

　……『緑竜セルジジオス』は木材が豊富だから『青竜アルセジオス』よりも安く家が建つっつー話は横に置いておくとして。

　そんな大金なので、平民は支払うことが非常に難しい。それでもその国にいられない理由があるのなら、土地も家もなにもかも売り払って工面するしかない。

　平民の生活を思うと……ああ、特に『青竜アルセジオス』の物価を思うと平民が金貨1枚貯めるのにかなり節約生活をして、10年くらいかかるんじゃないかな。

　その代わり、貴族は平民から徴収《ちょうしゅう》した税金を湯水のごとく使う。

　不満で内紛でも起こりそうなものだが、これが意外にも『竜の遠吠え』対策で大人しくなる。

　平民はその日が無事に暮らせれば、それでいいと思っているのが大多数なんだろう。

「……そ、そんな……金貨1枚だなんて……そんな大金……」

「そうね、普通なら無理だわ。ってことは、方法は1つね！」

「悪どくない？」

「悪どくない悪どくない！　慈善事業じゃないもの」

そうかなぁ？

……あ、みんなは分かってなさそう。ダージスたちはともかく、クーロウさんもとはね。

「な、なにかいい考えがあるのか？　嬢ちゃん」

「簡単ですわ。彼らに『竜石職人学校』に入ってもらえばいいのです」

「！　なるほど！」

「りゅ、竜石職人学校？　なんだ、そりゃ」

若干面倒くさいなー、と思うが、ラナがドヤ顔で説明を開始する。この国……つーか、この付近では今、ラナの知識を基に俺が開発した竜石道具の生産が追いつかない状況。

竜石職人が圧倒的に足りないのだ。なので、現役竜石職人を講師に招き、牧場《ここ》と『エクシの町』を繋《つな》ぐ細い街道の真ん中付近に『竜石職人学校』を建設することになった。

もちろんただ竜石職人学校を作るわけではない。『エンジュの町』と『エクシの町』、その付近の村々で失業者が増え始めたので、彼らに〝手に職〟を与えるのが目的でもある。

領主ドゥルトーニル伯爵は領民の職の問題と竜石職人不足を同時解消する一手として、その学校に出資、運営を担う。それに噛んでいるのがレグルス商会の会長であるレグルスと、『エクシの町』の取締役、クーロウさん。と、ラナである。

ラナは収入を増やしたい。学校で竜石の彫り方を教わった生徒たちが刻んだ竜石核が売れれば、俺たちが受け取る『月の売り上げ1割』も増える。そう、この事業は俺たちにも利があるのだ。なので、俺もまあ、反対はしない。面倒くさいとは思うけど。

「と、いうわけで現在生徒募集中なのよ。寮《りょう》もあるし、衣食住は保証するわ。自分で刻んだ竜石核が売れれば約半分の金額が手元に残るの。もう半分は、学校の方に学費として納めてもらうけどね。技術を覚えながら生活できるのよ、最高でしょ？」

「そ、それは、た、確かに……」

「そんなうまい話、簡単に信じられるわけが――」

「あら、じゃあ……『エクシの町』に再来週開店する私の店を手伝う？　軌道に乗るまではお給料出ないけど、食事と寝る場所は用意してあげるわよ」

「み、店？」

「今朝食べたじゃない。小麦パンの専門店を出すの」

ふむ、ダージスはさすがに貴族。慎重だな。

でも、悪い話ではないのは本当だ。なにしろ物によってはその手元に残る『半額』で十分国民権を手放す金が手に入る。グライスさんいわく、初心者には絶対無理らしいけど。

それに、量産が上手くいけば入る金額は減っていく。需要が減るから仕方はない。

でも、『緑竜セルジジオス』国内が潤《うるお》ってもまだ『他国』がある。

レグルスは他国にも手を広げるつもりだ。大陸全土に広がれば、『緑竜セルジジオス』は一人勝ちの大儲《おおもう》け。経済情勢だけで世界はひっくり返る。

……恐らくレグルスもゲルマン国王もそこまで計算に入れているだろう。

で、隣でドヤ顔しながら得意げに話している当事者の1人——ラナは多分そこまで考えてないんだろうなぁ。俺はラナが〝らのべ〟のストーリーに怯《おび》えず、穏やかに楽しく暮らしてくれるんならそれでいい。世界がどう動こうと興味がないもん。

守護竜が各国に存在する以上、戦争は起こらない。経済による軋轢《あつれき》は生まれるかもしれないけど、『緑竜セルジジオス』は俺とラナを受け入れてくれた国。それが潤う分には別にって感じ。

それに——……その『ストーリー』とやらが狂うならいくら狂ってもいいんじゃない？

ラナに被害が及ばないんなら、いくらでも。

「もしくは牧場の手伝いでもいいわよ！」

「ぐっ。つ、土弄《いじ》りなんてできるわけないだろう！」

「あーもー、あれもやだこれもやだって……！　じゃあ『青竜アルセジオス』に帰ったら⁉」

「ひっ……そ、それは……」

おっと、分かっちゃいたけどあっという間にダージスが劣勢。相手がラナでは仕方がない。

助けてやるのめんどくさいな。まあいいか、ダージスは。

「で、ダージスはああ言ってるけど？　カルンネさん、『ダガン村』の人たちはどうするの？」

「……全員に意見を聞いてきます」

「そうだね。それがいい。女の人はパン屋とカフェの仕事の方を手伝うのもありだと思うし、学校の中の仕事も募集するらしいから、それに応募してもいいと思う。それも伝えておいてくれる？　学校の中の仕事は明日運営責任者が来るから、その時に詳《くわ》しく聞けばいいよ」

そこまで言うと、カルンネさんは一度「ふむ……」と指先を唇にあてがい、俺が言ったことを噛み砕くように考え込む。連れてきた人たちにどう説明すべきか、頭の中で整理しているようだった。だが、説明するのには情報が不足している。

顔を上げたカルンネさんは、今度はクーロウさんの方を見る。

「あの、学校の中の仕事、というのは？」

「生徒の世話だな。飯作ったり校内や寮内を掃除したり。手に職をつけたいんなら生徒になるのもいいが、生徒の枠が限られてる。生徒を増やすんなら、寮を増築したり、その材料費を調達したり色々問題が増える。今言った通り、詳しくは明日話す。まず希望をはっきりさせておけ。できる限り希望に添うようにはしよう。だが、全員が希望通りにいくとは限らねぇぞ」

「なるほど……分かりました。みんなに聞いてきます」

『ダガン村』の人たちのことは、カルンネさんに任せていいだろうな。ダージスがあの調子なので。パッと見た感じ、『ダガン村』の人たちは男女の比率的に女が多いように見える。

身寄りがない者、身寄りがいなくなった者、そういう者だけがダージスについて来た。身寄りがある者は、その〝身寄り〟を伝手《つて》に村を離れた。そして、カルンネさんが話をしている村人たちの『女』は容姿があまりいいとは言えない。

まあ、失礼ながらお歳もそこそこのマダムな感じだし。

磨《みが》けば美人なんじゃない？　ってレベルさえいないのだ。

はあ、やだねぇ。スターレットの親父さんは若い娘が大好きだ。

ある意味で血は争えないということなんだが、そこは深く突っ込まない。

突っ込んでいいことがありそうかと言われると「絶対ないでしょ」って断言できそうなので。

それに、若い男もいない。いるのは働くことが難しそうなおっさ……いや、じーさんばかり。

カルンネさんが、一番若い男だ。彼は疲れ果てて動けなさそうな人たちに、優しく声をかけていく。あれを見ただけで人柄が知れる。

「くっ……ほ、他にはないのか！　他に、もっと、マシな！　なあ、ユーフラン！」

「はあ？　俺は知らないよ。自分で頑張《がんば》れ」

「ううううう～」

突然話しかけられて雑な対応をしてしまうが、ダージス相手だし別にいいでしょ。

まあ、ね。ダージスに同情の余地はあるっちゃある。そもそもアホなのはスターレットだし。アレファルドがスターレットのアホ行動とダージスの亡命、『ダガン村』の喪失に気づかず報告をそのまま受け入れるのなら……俺の告げ口手紙が届く頃になんらかの行動を起こすだろう。早くとも10日前後かな、裏ルートからの手紙だから、もう少し早いだろうか？

確か『竜の遠吠え』が終わったら『黒竜ブラクジリオス』への視察の予定があったはず。

ま、その前には届くんじゃない？　多分。

「……フランの友達じゃないの？」

「は？」

突然なにを言い出されるんですかラナさん。覗き込むような上目使いは威力が高すぎて、すぐに顔を背《そむ》けてもダメージが……うっ、無理可愛い、死ぬ。なんて恐ろしい。

つーかなに、なんの話？　話の内容飛んだ？　入ってきてなかった？　え？　なんて？

「ダージスよ。あんまり親しくない人、なの？」

「え、あーうん、そうなんじゃない？」

誰のことか聞いてなかったけど。俺が親しいのは多分家族だけだと思うし……。

ラナとは、どうなんだろうか。俺はもう少し仲良くできたらいいなぁ、とは思ってるんだが……男女の『仲がいい』って、どうしたらいいのか本当に分からないのだ。

アレファルドにもう少し詳しく聞けたら良かったなぁ。

「ふーん？　フランって友達が多いイメージだったわ」

「貴族同士で『友達』なんてありえないでしょ」

「え……、そ、そう？」

「まあ、上辺《うわべ》くらいは仲良くできるかもしれないけど、ね」

なんで傷ついた顔してるんだろう、ダージスの奴は。意味が分からない。

少なくとも人間関係を円滑に進めるためには、上辺だけでつき合うのが最も効率的。

特にアホの相手はそれで十分。

「……そ、そうかな……？　えっと、その……んー、いや、これは手紙に書く」

「……。俺も手紙頑張る」

「う、うん、そうね、頑張りましょう！」

え、あれ？　なんか書かれること、増えた？　な、なぜ？

「なんにせよ、しばらくの寝泊まりは嬢ちゃんちで構わねーのか？」

「あ、ええ。任せてくださって構いませんわよ、クーロウさん。食糧もまだありますし、畑の野菜を収穫すれば1週間は全員面倒見られますわ」

……30人以上を1週間世話できるうちの畑ヤバくない？　あ、これ突っ込んだら負けるやつ？

おっけーでーす、突っ込みませーん。

「だとしても人数が人数だ、さすがに大変だろう。諸々の手続きもあるが、その間の拠点や収入は必要だし、学校入学の希望者は早めに学校の寮に連れていきゃいい。あっちでも畑作りが始まってるはずだからな。農業経験者がいると、畑作りも捗《はかど》るだろう」

「！　それもそうですね」

学校とは無論、竜石職人学校のことだ。それなのに『畑作り』とはこれいかに。

そう思う人もいるかもしれないが、衣食住を保証している以上食糧の生産は必要。自給自足の手伝いをしてもらえれば彼らも飢える心配がないし、今エールレートが考えている案に『1人に1つの畑を与えて、そこで生産されたものも販売オーケーにする』というものがある。

この国の植物の生育は他国よりも早く、収穫量も多め。

『聖なる輝き』を持つ者がいなくともそうなのだ。

それがこの国が『緑竜《セルジジオス》』と呼ばれる所以《ゆえん》でもあるが、そういうことなのでたとえば隣国、『青竜アルセジオス』や『黒竜ブラクジリオス』辺りに畑で採れた野菜を売るのもアリだろう。

ここは国境に近いので、隣国の村や町に持ち運び可能な小型冷蔵庫に入れて運べば——まあ、国境を越えたら竜石を取り替える必要はあるけど——鮮度を保ったまま売りさばくことは難しくない。

基本木材や木工製品が主な交易商品の『緑竜セルジジオス』に、鮮度を保つ方法ができたことで野菜という選択肢が増える。

食べ物の輸出入は他国にとっても悪い話ではない。冷蔵庫や冷凍庫が他国にも普及していけば、これまでなかった食材が『緑竜セルジジオス』に入ってくるようにもなるだろう。

もしかして、ラナが前に言ってた『コメ』とかも……。

でも穀物って言ってたんだよなぁ。小麦は『黄竜メシレジンス』の特産品。『青竜アルセジオス』や『緑竜セルジジオス』とも相性が良かったため、この国にも広まっている。

だからもしかしたら『黄竜メシレジンス』なら『コメ』があったり……する？

どちらにしてもすぐには無理だけど。

「じゃあ、竜石職人学校を希望する人は今日中に移動させよう。向こうに寮もあるし、個室でゆっくりした方がいいだろう」

こっから徒歩で30分、馬車なら15分もかからないし。

あと、おっさんとはいえ男が数人でもうちに泊まるのなんかヤダ。

「それもそうね。ダージスは結局どうするの？」

「うっ……、……」

「ダージスの場合、実家から連絡待ちした方がいいだろう。となると町の方がいいんじゃない？」

「言っておくがうちにゃあ泊めねーぞ。縁もゆかりもねぇんだからな」

へっ、と吐き捨てるクーロウさん。へにょ、と肩を落とすダージス。

ついでに言えば町で寝泊まりするのはお金がかかる。ダージスの所持金は銀貨が2枚と銅貨が5枚。宿屋が1泊銅貨15枚くらいだとすれば、1週間は問題なく生活できるんじゃない？

「あんらぁマァ！　そういうことならユーフランちゃんにお金を借りて馬を買えばいいんじゃあないかしらァー？　お安くするわヨォ〜〜〜」

「うわあぁぁあああぁ!?」

「うわ、びっくりした」

「レ、レグルスじゃない!?　おはよ……じゃなくて帰ってきたの!?」

ダージスの真後ろから身長190を超えるムキムキマッチョの小綺麗《こぎれい》なおっさ……オネェが現れたらまあ、悲鳴は出る。俺も今ちょっとびっくりした、ダージスの声に。

呑気《のんき》に「エエ、帰ってきたわヨ！　レグルスお姉さんガ！」とかピースしてポーズしてる場合か。その多種多様なポーズとウインクと目線は必要なの？

「クーロウさんに話があったから屋敷に行ってみたんだケド、なんかこっちでも厄介ごとが起きてるって言うじゃナ〜イ？」

「えぇ？　こっちでもって……」

「ウフフ。エェ、アタシもちょっと……まあ、なんっていうか、困ったことになったというか、手に余るというカ……。だからエラーナちゃんとユーフランちゃんに相談しにきたのヨ」

「「…………」」

黙り込む俺とラナとクーロウさん。困ったことになった、という割にレグルスの爽《さわ》やかな笑顔。不気味だ……不気味すぎる……。これを警戒《けいかい》するなという方が無理だろう。

「……み、店の方で詳しく聞きましょうか……」

「アーン、さすがエラーナちゃん話が早くて助かるワァ～」

「……テ、テンション高ェ……なんかヤベェ……」

言わないでくれクーロウさん。ミンナオンナジキモチダヨ！

「ダ、ダージス、お前外で村の人たちと待ってなよ……。あとで紹介するから」

「お、おう……って、え？　いや別に知り合いになりたくは……」

「商人だから知り合っておいた方がいい」

「……マジか……」

マジだ。がくりとうなだれるダージスを、村の人たちと共に残して店舗内へ。

ラナが椅子を集めてきて、お茶を出す。

「アーラ、テーブルや椅子も揃《そろ》ってきたじゃないン」

「だいぶね〜。けど、来月開店は諦《あきら》めたわ。とにかくまずは町の小麦パン屋を無事に開店させて軌道に乗せないとよね」

「エエ、アタシもそう思うワ。手広くやるのもいいけど、続かないんじゃァ商売としては二流だものネ」

うんうん、と頷《うなず》き合うこの2人。いや、レグルスは分かるけどラナはどこを目指してるんだ。

「で？　厄介ごとっつーのはなんだ？」

ラナの出したお茶を豪快に一口で飲み干し、乱雑にカップを置いたクーロウさんが切り出す。カップはまあ、そりゃ安物だけどそんな乱暴に扱わないでよ、もー。

「エェ、先に『エンジュの町』でドゥルトーニル様には話してきたし、許可ももらってきたんだけどネ」

……外堀埋めてきてる。いやもうそれじゃクーロウさんに拒否権ないじゃん。

顔、顔！　クーロウさん、そのとてつもなーく嫌そうな絶望感漂う顔、気持ちは分かるけど少し隠して！　ちょっとでいいから！

「夢が叶《かな》ったのヨ」

「夢……が、叶った？」

なんの話、と俺が訝《いぶか》しげにする。その手前に座っていたラナの瞳がキラキラと輝き出した。

「まさか……養護施設が買い取れたの⁉」

「エェ」

……ああ、そういえば言ってたな。レグルスとグライスさんは『赤竜三島ヘルディオス』の出身。その中でも、親がいなくなった、親が育児を放棄《ほうき》した子どもの養護施設の出。

いつかあの養護施設を、買い取りたい。

……なぜか？

『赤竜三島ヘルディオス』の児童養護施設は他国からの援助で成り立っているからだ。

『赤竜三島ヘルディオス』だけは胴体大陸から離れ、独自の文化が強い。あの国では権力者……強い者が生きる権利を持ち、弱い者はそれがない。とにかく過酷な土地なのだ。

加えて支配者がそんな考え方なので、親がいなくなったり、育児放棄された子どもは生きるためにその児童養護施設で過ごすほかない。

俺の知る限り、『赤竜三島ヘルディオス』の養護施設には大人の職員がいるが、子どもの世話をする機能はない。他国が援助という形で養護施設を作り、そこを窓口にしているからだ。

『赤竜三島ヘルディオス』の民は養護施設を疎《うと》ましく思っている者すらいるという。

……だから、子どもしかいない場所なのだ。生活の仕方も分からない、そんな子どもがたとえ養護施設に入っても、生き延びられるかと言えば――……。

ただまあ、レグルスとグライスさんという〝生存者〟はいるわけだし、俺が思ってたよりましなのかな？

他国としてもその養護施設がなくなるのは困るはずだ。だが、それを買い取った？

ラナは純粋にレグルスの夢が叶ったことを喜んでるみたいだけど……いや、レグルスの夢が叶ったのは良かったねって思うけど――ああ、嫌な予感しかしなーい。

「待って待って待って。どうやったらそんなことできるの。児童養護施設って、確かアレでしょ？　複数の国の支援で成り立ってるでしょ？　それを買い取るなんて……」

少なくとも他国が黙ってない。『赤竜三島ヘルディオス』とどうしても繋がりを持っていたい、とこだわりの強い国があるわけではないけど……あえて断ちたいはずもないわけで……。

それなのに、どうやって『窓口』を買い取れるの。

「フフフ、簡単ヨ。確かに養護施設は複数の国の支援で成り立っていたワ。目的は『赤竜三島ヘルディオス』との窓口よネ。エェ、ダ・カ・ラ～、アタシが窓口になったのヨ！」

頭を抱えた。ラナも一瞬顔に「？」を浮かべたが、すぐにその意味に気がついたのかギョッとする。クーロウさんもすでにげっそり顔。

「む、無茶な……」

「そうでもないワ。あの国に残っていたアタシの弟分が協力してくれることになったもノ」

「そ、そもそも、よくそんなことを『赤竜三島ヘルディオス』の族長が認めたね？」

『赤竜三島ヘルディオス』のヘルディン族は、最も保守的思想の持ち主が族長になると聞く。そんな相手を、どうやって説得したのだろう？

それとも『赤竜三島ヘルディオス』側からすると他国との繋がりなんて、最初からいらなかった？　まあ、そういう思想とは聞いてたしな？　い、いやぁ、でも……。

「あっちの方が簡単だったワ〜。ヘルディン族は変化が嫌いなんだけど、竜石道具は大好きなノ。守護竜様のお力を感じられるモノ、守護竜様のお力を借りて動かすモノだからネ」

それは、ああ、まあ……そう言われてみると……。

行ったことがないから、あまり竜石道具が進歩してるイメージはないが、確かにヘルディン族からすれば信奉《しんぽう》してやまない守護竜の力の一端で使うモノだから、「むしろありがたいモノ……？」と聞くと、満足げに頷かれた。

そして俺とラナがレグルスに餞別《せんべつ》として持たせたのは、ラナの前世にあった『クーラー』という冷たい風が出る竜石道具。……察した。

「なるほど……。クーラーは施設1つ売り飛ばしても構わないってほど、お気に召したと……」

「エェ、一気に族長に会えて交渉が楽ちんだったワ。もちろん、すでに注文殺到ヨ☆」

ウインクとかいりません。

「他国にはうちの商会が窓口になるってことで手を打ってもらったノ。……施設の子たちは、連れて帰ってきたワ。あの国は……子どもには生きにくいったらないからネェ」

嬉《うれ》しそうに――しかしどこか無理しているような笑顔。

行ったことのない俺には話でしか聞いたことのない過酷な環境。だが生きづらい、とは……きっと言葉通りなんだろう。

その点『緑竜セルジジオス』は空気も綺麗だし気温も高くならない。

『青竜アルセジオス』の方がまだ湿度が高くて過ごしにくいくらいかも。

食糧も野菜や果物が年中採れるし、質のいい草が生えてるから食肉用の家畜の育ちもいい。

多分、世界一食に関して困らないだろう。

「んで、連れて帰ってきたっつーことは……」

「エェ、今は『エクシの町』のうちの店に預けてきたワ。それで、ここからが相談なんだけどネ？　竜石職人学校の横に、子どもたちが住める建物を作ってもらえないかしラ？　やっぱり大人が近くにいる方が安心ですものネ。あ、お金は大丈夫ヨ！　もちろんアタシのポケットマネーから出すから～ン」

「ンなもん当たりめぇだろ！」

クーロウさん、気持ちは分かるけど落ち着いて欲しい。どうどう〜。しかしこの2人のやり取り、謎の息ぴったりテンポだな〜。でもそれより気になることがある。

「でもその施設ができるまで、誰がその子らの世話をするつもりなんだ？　レグルスもグライスさんも忙しいじゃん？　部下の人？」

「ア〜ラ、ユーフランちゃん、ご心配ア・リ・ガ・ト！　でも施設の子たちは自立できてるワ、割とネ。最年長の子もしっかりしてるし、自分たちで大概《たいがい》のことはなんとかしちゃうわヨォ。なにしろ〝あの土地〟で生き抜いてきたんだもノ〜」

「…………」

聞いただけの知識ではあるが、説得力を感じるなぁ。

……ふむ、しかしまあ、最低限の世話でいいんなら、職人学校の側《そば》で十分ということか。

さすがに町から離れた場所には置いておけないし、とはいえ慣れない土地に慣れるまでは時間がいるはずだ。ラナは図太かったけど、子どもともなると…………いや、待て。

「レグルス……」

「ア〜〜ン、そんな怖い顔しないでェ？　ユーフランちゃん好きでショ？　コ・ド・モ」

「あ……」

ラナも察したらしい。ああ、そうだ。レグルスは町から離れすぎず、かつ牧場からも行きやすい職人学校の側に子どもたちの施設を建てたいと言った。

子どもたちは自立できるとはいえ、やはり最低限の支援は必要。恐らく急な環境の変化に対応は難しい。しばらくは注意深く面倒を見る必要がある。

それなら町中の方がいいに決まっているだろう。それなのに、あえて町から少し離れた場所に施設を建てたいというその意味――『赤竜三島ヘルディオス』出身者は赤毛、紅い瞳が特徴の者が多いからだ。この国、『緑竜セルジジオス』で『赤』は緑を燃やす火を連想させるため忌避《きひ》される。『エクシの町』には、施設は作れない。

幸いなことに？　牧場には『朱色の髪と真紅《しんく》の瞳』の大人の男がいる。それも、元貴族。教養も常識もあるし？　ついでに子ども好きで子どもに関しては大変面倒見がいいときたものだ。

「…………そっかー、そうね、フラン子ども好きだものね……」

「別に好きってわけじゃ……」

好きだけど。い、いや、違う。弟たちがいるから、扱いに慣れてるだけ！

そう！　それだけ！　そんなたくさん子どもがいたからって――。

「で、何人くらいなの」

「…………（フラン、子ども好きっつーか大好きじゃん……）」

「16歳の女の子、10歳の男の子と女の子、９歳の男の子と女の子、８歳の男の子、６歳の女の子で7人ヨ」

「え、あ、なんだ、意外と少ないな？」

「そ、そうか？」

クーロウさんはそれでも多く感じたらしい。俺は、てっきり……っ。

「……30人くらいかと……」

「き、希望が多すぎるわよ、フラン……！」

「き、希望とかじゃないし？」

ただそんくらいかなーって、思っただけですけどーっ。

「マ、マァ……あの子たちの容姿を思うと、あまり町の側《そば》には……って思ってネェ」

「けっ、なんでぇ……いくら俺たちの国が『赤』を嫌うからって年端《としは》もいかねぇガキをいびったりなんざしねーよ！」

「あらホントォ？　それなら町の側の方がありがたいんだけどォ？」

「…………。まあ、だが……町の奴ら全員ってのは……俺も保証ができねぇな……」

「「「…………」」」

町の取締役がそれっていうのはどうなの。いや、いいけどね？

無責任に「任せておけ」とか言われて、結局子どもが辛《つら》い思いをすることになるよりは。

「けど、一番年上の子が16歳の女の子って……それはそれでなんだか心配ね」

「アァ、それネェ……そうなのよネェ……」

「アン？　なにが心配なんだ？」

レグルスとラナが頬《ほお》に手を当てて溜息交じりに案じるそれを、クーロウさんは首を傾げて聞き返す。まったく、このおっさんは……。

「そりゃ年頃の娘さんだからでしょ。職人学校の男女比率、8：2で男の方が多いっていうじゃん。中には髪の色とかで偏見持って悪さする奴とかいそうって話」

「あ、ああ、そういうことか。んん、そうだな……確かにそんな不届きな野郎がいねぇとも限らんか……」

「仕方ない、ワズんちから番犬になりそうな子を買ってこよう」

（フ、フラン……まだ子どもたちに会ってもないのにわざわざお金出す気だ……）

（ユーフランちゃんもしかして年下全般守備範囲内なのかしラ……。ヤダワ、守備範囲の意味にここまで正しく適応できるオトコがこの世にいるとは思わなかったワ……）

「大型犬を4、5匹躾《しつ》ければ、賊《ぞく》が10人くらい来ても全員噛み殺せるようになるだろうし」

「「「…………」」」

うん、大丈夫。牧羊犬《ぼくようけん》の躾は無理だけど、番犬と猟犬の躾は俺もできる。

一応アレファルドの護衛兼友人役だったからな。アレファルドたちの下手くそな狩りにつき合わされたおかげで、猟犬の躾け方も教わったことがあるんだ。イケるイケる。

「フランって、本当に子ども好きだったのね」

「え？　なんの話？」

「(無自覚⁉)……そ、それじゃあ、その子どもたちの施設は、町よりも牧場寄りに建てた方がいいかもしれないわね。えーと、その、ほら、フランが学校に行く日は、前の日に、その施設に泊まれば子どもの様子も見られるし、学校までも短距離で済むし、講師としてフランも通いやすいんじゃない？」

「そ、そうだね。まあ……講師は興味ないけど……子どもの様子はちゃんと見ないとだよな、うんうん」

(((……チョロ……)))

ラナもちゃんと子どものことを考えてくれるんだな。優しい。好き。でもラナも子ども好きだったとは……ちょっと意外。また惚れ直した。

「(とってもノリノリで)助かるワ〜。じゃあ、施設作りの方は頼めるわよネ？　クーロウさン？」

「あ？　あ、ああ、まあ……金さえもらえりゃ仕事はきっちりやるが……。児童施設っつーことは普通の施設とはちょっと違うんだろう？　その辺頼むぜ」

「アァ、そうネ。じゃあその辺りも……ねえ、エラーナちゃん、しばらく店舗の方借りててイイかしラ？」

「いいわよ。ゆっくりしていって。今お茶のお代わりとお菓子追加で持ってくるわね」

「アーン、ア・リ・ガ・ト！」

「菓子！」

クーロウさん目の色変わってて怖い。

……まあいいや、そんなことよりも児童養護施設を牧場側に作る。

それは、話し合いに参加しないわけにはいかないな。施設、住む場所……それはつまり子どもが生活する場所、子どもが最も身近で最も安全で安心できる場所じゃなければいけないんだから。あ、いや、俺も泊まることになるなら？　ちゃんと意見はしたいってだけ。うん。

それと、施設ができるまで子どもたちはどこで預かるのか。

今日はまだ町にいるが、先程話題に出た通り『赤竜三島ヘルディオス』出身者は髪や目の色素が赤に近い。なので、今日中に学校の寮に移動させたいとのこと。

施設が建つまでは寮で我慢してもらう予定らしい。それを聞いたラナが、俺に目配せしてきた。……ラ、ラナ、まさか……。

「7人くらいなら、うちで預かれるわよ？　ほら、子ども部屋あるし！」

　エラーナ様っ！

「(ユーフランちゃん目が輝いてるわヨ) ア、アラァ、いいノォ？　うちとしては大助かりだけどォ。っていうか、ちょっとそのつもりだったケドォ」

「もちろんよ。子ども部屋は2部屋あるけど、男女で分かれても7人だと少し手狭だと思う。けど……店舗の2階はまだ手つかずだし……」

　……思い切り目を逸らしてるけど、そんなんでよく来月に開店させたいとか言ってたな。

　レグルスも苦笑いだ。

「なら助かるワ。そういえばここの2階ってどうなってるノ？」

「おう、店舗の2階も自宅の2階と渡り廊下《ろうか》で繋げて造ってやったぜ。1階もドア1枚隔てて厨房と繋がってるけどな。あと、一応店舗と自宅の2階を繋ぐ部分の部屋は物置を造っといたな。店やるんだ、収納は多い方がいいだろう」

「ヤダ、地味に便利じゃな〜イ」

「そうなのよ」

　確かに行きやすい。とはいえ、2階って俺とラナは自室しか使ってないからなぁ。

　子ども部屋に行く廊下の奥に、新たに取りつけられた扉と渡り廊下。

……週1で掃除する時しか使ってない。昨日はその店舗2階も、30人以上が突然押し寄せたから適当に片づけて寝床にしてもらったけどな。

「じゃあお言葉に甘えて本当に預かってもらおうかしラ？　……ケド、本当にいいノォ？　その、一応アナタたち新婚サンでショ？」

「「…………」」

え……？　新婚って子ども預かっちゃいけないの……!?

「だ、大丈夫よ。えーとそのー、ほらあれよ、あれだから」

!?　ど、どれがどれ!?

「エラーナちゃん、アナタ……」

「いや、えーっとそのぉ……」

なぜかレグルスに圧をかけられるラナ。目がものすごく分かりやすく泳いでる……!?

な、なにがあったんだ？

「ハァ、仕方のない子ネェ。今日中に決着つけちゃいなさいナ。子どもたちは一度メリンナ先生に健康状態をチェックしてもらってから連れてくるワ」

「！　そうか、その方がいいか」

「(ユーフランちゃんって、子どもとエラーナちゃん関係全般チョロいわネ)……エェ、だから早くとも明日か明後日に連れてくるワ。こっちも受け入れ準備とかあるでしょウ？　アタシもあの子たちに今後の生活について、説明しないといけないしネ。あとは……国民権のことどか今後の生活のこととか色々、ドゥルトーニル様に説明したり、相談しないといけないモノ。明日また来るわヨ。でもまあ、夕方まではあっちにいるから、用事があったら声かけてちょうだイ」

「うん、そだね」

「んじゃあ、その辺含めて俺も明日また来ることにするぁ。ったく、テメーらが来てからずっとバタバタしっぱなしだな！」

「それは俺たちのせいだけではないような」

俺たちのせいだけではないよな？　あれ？　違うよな？

レグルスとクーロウさんは店舗1階に移動して、おじ様へ説明することや、施設の設計などを話し合う。

施設のことは俺も口出したいから、あとでお菓子持っていくついでに絡んでこよう。

「あ、その前にトイレ借りるぜ」

「はーい、どうぞ」

クーロウさんが移動するついでにトイレに入っていく。

……あれ、なんにも考えずに「どうぞ」って言っちゃったけど、なんか、トイレ……なにかあったような？　なんだっけ？

「ねえ、フラン。レグルスに持っていくお菓子どれにする？」

「え？　あー、そうだね……あ、ワズとトワ様用に作ってみたニンジンケーキ、味見してもらおうか。クーロウさん、野菜嫌いって奥さん言ってたんでしょ？」

「言ってた〜！　クーロウさんの奥さんすごい怒ってた〜！　……そうね、食べさせましょう。あの歳で野菜嫌いなんてダメよね。ここは緑の国の『緑竜セルジジオス』。野菜を嫌いなんて許されないわよね〜〜〜。ふふふふふ」

めっちゃ悪い顔してる。気持ちは分かるけども！

「あああああァァあぁァァぁぁあああ!?」

「「!?」」

棚の引き出しの中から作り置きしてあったニンジンケーキを取り出すラナ。

けれど、トイレから聞こえてきた悲痛な悲鳴に飛び上がって落っことしてしまう。

な、なんだ！　今の野太い、ところどころ裏声の入った悲鳴は!?

今トイレに入っていたのは——クーロウさん。どうしたんだ!?　例の黒い虫でも出たのか!?

「な、なんだ、今の声!?」

「トイレから聞こえなかった⁉」

「クーロウさん⁉　どうしたの！」

俺とラナだけでなく、ダージスが悲鳴に驚いて外から駆けつける。

すると、ゆっくり扉が開いた。中から生まれたての子鹿のように膝《ひざ》をかくかくさせながら出てくるクーロウさん。顔色が、え、なにその真顔。どういう気持ちの顔なの、それ。

え……、ほ、本当に、なにが……？

「……テメエの仕業だな、赤毛野郎」

「え」

「トイレに！　なんか！　つけただろう⁉」

「「あ」」

俺とラナの声が重なる。そうだ、なにか忘れてると思った。

シャワートイレを取りつけたんだった‼

「便座があったけぇのは、こりゃいいなと思って油断した！」

あ、それはやっぱり「いいな」って思ってくれたの。ありがとう。俺も便座が温かくなるのは、冬場とかすごくいいと思う。

「なんだ、あの！　尻にあったけぇ水がびしゃってくるやつは！」

クーロウさんの語彙力《ごいりょく》が下がってる！　気持ちはよく分かるけれども！

「ちょっとォ、なに今のォ、すごい声がしたわヨォ？」

「レグルス、ちょうどいいところに来たわ！　話し合いの前に新商品の話をしてもいいかしら！　っていうかせっかくだからレグルスも体験してきて！　絶対その方がいいわ!!」

「エェ？　なぁにィ？」
ラ、ラナさん……？　なんの情報もなくシャワートイレを体験させるとか、なんという鬼！
そんなところもカッコイイ……！

「！　……そうだな、まず体験してこい、レグルス」

「な、なんなノ？　ちょっと怖いんだケド？」

「大丈夫大丈夫！　新商品はシャワートイレというの。用が済んだら温水が出て洗ってくれるのよ。とっても衛生的でしょ!?」

「な、なるほどネ？　わ、分かったから押さないでちょうだイ、エラーナちゃん」

グイグイとトイレにレグルスを押し込めようとするラナ。体格が違いすぎて微動だにしないけど。しかし新商品には興味を引かれるのか、レグルスはトイレに入っていく。

最初に「ヤダ〜！　便座が温かいじゃな〜イ。イイわァ、コレ」とご満悦《まんえつ》。

だが、シャワートイレの真価はここからだ。

申し訳ないがダージス以外――シャワートイレ経験者は『ニヤァ……』と邪悪な笑みを浮かべてしまう。仕方ない。こういう顔になっちゃう。

「⁉　キャアァァァァァアアアアァァーーーーーー‼」

「ブフォ‼」

吹き出すラナとクーロウさん。

うん、コレは耐えられないね。俺も肩がガタガタ震えるほど笑ってしまう。

「ヤダ～！　もう～、なによコレェ～～～‼」

出てきたレグルス、半泣き。ラナがお腹を抱えながら「ごめんごめん」と言うが、レグルスとは別な意味――笑いすぎで半泣き。

「ついでにダージスも体験しておいでよ」

面白かったので満面の笑みで振り返って提案する。案の定「へ、ひっ」と、顔を引きつらせるダージスだが、即座にクーロウさんとラナ、そして一度経験したレグルスも「そうしろそうしろ」と味方になった。だよねー。

「え、あ……！」

「大丈夫大丈夫！」

バターーーン！

トイレに閉じ込め、まずは温かい便座を体験してもらう。

「どう？　便座が温かいのは」

「あ、ああ……こ、これはいい、な」

ラナの質問にダージスは怯えながら答える。そうだろう、そうだろう。便座はいいだろう。

そしていよいよ次だ。

「ちゃんとズボンは脱いでるわね？　着たままだと恥ずかしいことになるから、ちゃんと脱いでおくのよ。それじゃあ、便座についているスイッチを押してみて」

と、ラナが指示を出す。

すでに笑いで震えるクーロウさんとレグルス。……俺も耐えられてないけどね。笑い。

「……アアアアアアアアアアア～～～～～～……!!」

「「「ブフォォ……!!」」」


——と、いう体験ののち。

「うちの商会の建物と養護施設にもつけるワァ！　その陶芸家、紹介してェ！」

「うちの屋敷のトイレもアレにする！　いくらだ、嬢ちゃん！」

「えっと、1カ月の稼働《かどう》試験が終わってからにしたいんだけど……陶器の便座とノズルはまだ試作品の域を出ないのよ。使ってみて、使い心地を追求したいのよね。それに協力という形なら、ってのはどうかしら？」

「構わないワ。竜石核はユーフランちゃんに依頼していいんでしょウ？」

ひとしきり笑ったあとで、商談開始。相変わらず話が早い人たちだ。

陶器が『道具《アイテム》』の竜石道具は俺も初めてだから、相場が全然分からない。

陶芸家さんもまさか陶器まで竜石道具として使えるとは思っていなかったようだし、量産することになるなら基準のようなものは必須だろう。

竜石核の難易度は冷蔵庫などと同じくらいだから、竜石職人学校の生徒に作らせればいい。

「じゃあ、そのへんも話し合いの内容に含めておくわネ」

「そうね、それじゃあ私たちも店舗の方で話し合いに混ざりましょうか」

「その方がいいかもね。ダージスはどうする？」

自宅にこいつ1人を残すのはちょっとヤだし。そういう意味も含めて聞いてみると、ダージスも1人残されるのが嫌だったのか、「村の奴らの話を聞いてくる」と出ていった。


――――で。

「希望者は学校寮に入りました。他の者たちも、今夜はそちらに泊まるそうです」

そう報告されても俺は困る。

ダガンの元村人、そして頼りないおっさんたちをまとめる青年カルンネさんに「ああ、そう」と素っ気なく返す。

相手もやや困り顔。そんな顔をされても、俺はアンタたちに関わりがあるわけじゃない。

店舗の中ではレグルスとクーロウさんが施設について話し合っている。

ので、意見を出し終えた俺はいつも通り家畜たちを畜舎に入れて野菜の収穫。

その帰り道にそんな報告をされたのだが……ちらりとアーチの側を見るとしょぼくれたダージスが膝を抱えて座っている。なんというシュールな絵面《えづら》。

「で？」

「え、ええと……」

……ふむ、どうやらカルンネさんはダージスが気になるのか。今日1日放置したからなぁ。

でも、それは俺にはどうすることもできない。

アレファルドにチク……連絡はしたけど、だからアレファルドが動くかと言われると微妙だ。

袂《たもと》を分かった俺の言うことを信じるか分からないし……信じて裏取りするとも断言できない。

裏取りすればスターレットのやらかしは露呈《ろてい》する。

では、アレファルドがスターレットとアロード公爵家を罰するかと言われれば、それも微妙。今のアレファルドは宰相《さいしょう》と対立している。ラナとの婚約破棄が原因で、4大公爵家で最も力のあるルースフェット公爵家と亀裂があるのだ。

それなのに他の公爵家といざこざを起こすのはアホの極み。だが、国王の肝いりで町に発展させる目的で作られた『ダガン村』が流されたのは——正直無視していいものでも握り潰して問題ない案件でもない。

『聖なる輝き』を持つ者が婚約者であっても、これは関係のないことだ。

むしろ、リファナ嬢との今後の生活を思うとスターレットは男として邪魔だ。恋敵は減らしたいに違いない。

とはいえ公爵家嫡子《ちゃくし》を切り捨てるには些《いささ》か物足りないかもしれないんだよなぁ。村1つと『聖なる輝き』を持つ者への嫌がらせの罪の重さの比率がおかしいと思わないでもないけど……守護竜様の存在を思うと……というか……トワ様を追いかけてきた『黒竜ブラクジリオス』をこの目で見てしまったので、アレは仕方がないというか。

なので、まあ……ダージスとしては気が気でない……というのは、分かる。

スターレットならすべての罪をダージスとその実家に被せて自分は無傷で済まそう、ってことにすればいい、って思ってるだろうし実際やるんだろう。

それに対してアレファルドが取る行動は……乗っかることが最善。

トカゲの尻尾切りで終わらせればいい。ダージスの家はお取り潰し。

ダージスは……1人先に村人と共に逃げてきた。いや、村人を——身寄りのない者たちが生きていける場所をこの国と俺を伝手にして求めてきたのか。

家族のことが心配でならないのは分かる。だからって俺があいつを助ける義理はないので、いつまでも居座られても困るんだけど。

「カルンネさん、あんたはどうするのか決めたのか？」

「あ、俺も……職人希望、です」

「ふーん。まあ、今のところそれしか方法ないもんね」

竜石職人が増えるのは助かる。

昼間の話だと『赤竜三島ヘルディオス』も今後は交易対象……輸出先のお得意様になる気配しかしない。主に冷凍庫やクーラーの竜石核や器となる道具《アイテム》を作れる職人ってたくさんいてくれた方がいいんだよね。レグルスとしては職人を増やしてがっちり囲っておきたいだろうけど……そうなると本当に世界のパワーバランスは崩れる。

俺には関係ないけど。

「あの、ダージス様は……これからどうなるのでしょうか？」

「は？」

「あの方は、若いながらも村の者を親身になって励ましてくださったり、身寄りがない我々を、ここまで連れてきてくださいました。……感謝しています」

……へぇ。あの腰抜けが……ねぇ。

「貴族というのは……我々のような民から搾取《さくしゅ》するのみの存在だと、お、思っていたので……！」

「…………」

面白いこと言うな。

それを、元貴族の俺に言うか。

「ふふ……」

「っ！」

「ああ、笑ってごめんね。そういう意味で笑ったわけじゃなかったんだけど……まあ、間違ってないんじゃない？　うん、まあ、『青竜アルセジオス』に比べれば『緑竜セルジジオス』はそういう意味でも住みやすいと思う。ダージスは間違ってないよ」

「…………」

そう、ダージスは俺と違って明確な意思を持ってスターレットに盾突《たてつ》いたわけだ。

ああ、そういう見方なら面白い奴になるな。

他者を切り捨てる貴族と、他者を切り捨てられなかった貴族。

民が選ぶのはどちらか、聞くまでもない。

さて、アレファルドはどうするかな？　俺の忠告はどうあがいても無駄《むだ》になりそうだけど。

「だからまあ、なんとかなるんじゃない？」

「え？　いや、あの、そ、そうではなく……」

「？」

「……ダージス様に、声をかけて、差し上げて、ください……」

「…………」

さぞやめんどくさそうな顔をしたと思う。しかしカルンネさんは俯いて緊張の面持ち。

ふむ、俺が面倒くさいのを丸出しにしても効果ないか。なのでわざとらしく、溜息を吐《つ》いた。

「かけても変わらないと思うよ」

「そ、そんなことはないと思います」

もう1つ、溜息を吐く。

はーぁ、面倒くさいけど仕方なーい。頭をかきながらアーチの下にいるダージスに……歩み寄ってやることにした。

「ダージス」

声をかけてやる。いじけた顔をしていたダージスが顔を上げた。

「な、なんだよ」

「いや、用はない」

「ふぁ!? な、なんで声かけたんだよ！」

「声かけろってカルンネさんに頼まれたんだよ。用はない」

いや、本当に話す内容がない。なので案の定沈黙が流れる。

「……俺はよ」

「ん？」

沈黙に耐えきれなかったのか、ダージスが拗《す》ねたような声を出す。なにか言いたいみたいだったのに、その後また沈黙が続く。なんなの。

「……俺はお前が、ちょっとだけ羨《うらや》ましかったよ」

「は？」

「仕事は器用になんでもこなすし、いろんな貴族から信頼されてたし、ご令嬢たちにはモテてたし。まあ、忙しいのはちっとも羨ましくなかったけどな。１年中海外飛び回ってんのも、観光とかできんの憧《あこが》れる半面、移動とか大変そうだしよ……」

なんなの、急に堰《せき》を切ったように……。

しゃがんで、膝を抱えたまま、俺の方を見上げることなく、やけに深刻そうな声色。

「……器用なのは自分じゃあんまり分かんないよ。最近そうらしいってのは自覚してきたけど」

竜石核を刻む時の、グライスさんの怨念《おんねん》のこもった態度とか、ラナの褒《ほ》め言葉とかで。

「貴族に信頼されてたのかも微妙。俺は上の奴らから、便利屋みたいな扱いをされてたとしか思ってない。おかげで学園最後の1年はほぼ通えてなかったし、ご令嬢から人気があったとかいうのも、うちの親父が法に携《たずさ》わる家だったからだろう。色々融通《ゆうずう》が利くようになるとでも思ってたんじゃない？」

もちろん俺と結婚したとて、法を無視した甘い蜜《みつ》など吸えはしない。

まして俺は跡継《つ》ぎではない。家は一番優秀なクールガンが継ぐ。

「観光も、できたとしても数時間程度だし」

「つぐ……だ、だとしても！　……お、お前は俺より優秀だろう！」

そう叫ばれて、ようやくダージスが顔を上げ、見下ろしていた俺と目が合う。

なんなんだろう、こいつは。なにが言いたいのだろう。羨ましい？　俺が？　なんかたくさん褒められた気はするけどどれも嬉しくないんだよな。

俺の中にはなんにもないに等しくて、ラナが与えてくれる日々の熱をもらって生きているような気がするのだ。あの笑顔に生かされていて、それがないと昔のような〝ただ生きてる〟みたいな俺に戻ってしまうと思う。

「優秀かどうかは分からないけど、ラナとこの国に来てから、ラナの望む竜石道具を作り出せる才能が自分にあったことには感謝したかな」

それだけは言える。

そしてそれはアレファルドや3馬鹿に「よくやった」と褒められても、そんな風には思わなかっただろう。……まあ、そんなこと言われたことないけど。

「それに俺はお前も結構優秀だと思ってる」

「え？」

「あんまり男を褒めたくはないけど、お前は俺やアレファルドや3馬鹿どもより思いやりがあると思う。自分や自分の家が危なくなることが分かっていたのに、それでも見捨てられなかったんだろう？」

「そ、それは……。し、仕方ないだろ……目の前で人が流されていったんだぞ。あんなの見たら、今目の前で生きている人だけでも助けないとって……思っちまうよ」

そうだろうか。普通の貴族は多分見捨てる。俺も——正直ラナとこの国に来る前の俺なら、見捨ててると思う。そんな他人に割く熱量なかった。

「……それがお前の美徳じゃない？　……そろそろ日も暮れるし、寝る準備したら？　明日はもっと忙しくなるし、人にも多く会うことになる。絶対疲れるぞ」

「……あ、ああ、分かった。そうする。……ありがとう、ユーフラン」

……の割に、動き出さないダージス。なんだ？　まだなにかあるのか？

振り返ると、深刻そうだがなにか決意したような表情。

「ユ、ユーフラン……もう1つ、相談してもいいか……？」

「はあ？　なに？」

「……じ、実は——」

◆◇◆◇◆

ダージスは——仕方がないので今日はマットレスと毛布を貸し出して、またうちに泊まり。

カルンネさんも遅いので同じく店舗1階に泊めることになった。

一応人がいつもより多いので、シュシュが自宅1階の寝床に待機。

そのふさふさもふもふのお尻を撫《な》でながら癒《いや》される。

はあ、犬っていいよね……コーギーの、この短い尻尾。これは牧羊犬として牛や羊に尾を踏んづけられ怪我《けが》をしないように、生まれてすぐに切られてきたため短く進化した、と言われている。……だったかな？

なのでこの丸出し感。そして、素早く牛の下を移動できる短い足。つぶらな瞳。

今は若干「いつまでお尻撫でてるの」って顔されてるけど。

ああ、そういえばシュシュは女の子だったな。不躾《ぶしつけ》にお尻ばかり執拗《しつよう》に撫ですぎた？　いや
いや、可愛いコギ尻なのが悪いと思う。っていうか、お尻がダメならその大きな耳を触らせろ。

……あったかい。そして可愛い。お耳をパタパタもにゅっとすると、これまた迷惑そうに首をぶるぶる振られる。しかし、逃げる気配はない。頭を撫でると「ようやくぅ？」みたいな顔。

まだまだ子犬だけど、最初に比べて随分と感情豊かになってきたんじゃない？

もふもふの首に指を通してこしょこしょすると目を細め、こてん、と腹を見せる。

そのお腹を撫でるとなんともだらしない顔に……。

くっ……なんて寸胴《ずんどう》でふわふわのお腹……！

「抱いて寝たい……」

ころん、と伏せ状態に戻るシュシュ。その期待に満ちた眼差しは……そ、それはまさか俺と一緒に寝るのは……やぶさかではないと!?　ね、寝ちゃう？

濡れタオルで全身拭けば問題ないんじゃ……い、いやしかし、犬の躾け方を教えてくれた猟

師は「犬と絶対同じベッドで寝ちゃならねぇ。そりゃお互いのパーソナルスペースを共有するってことだ。猟犬にゃ一番やっちゃならねぇことだ」ってハードボイルド風に言ってたし……。

しかし、しかし、しかしこの可愛さを前にそれを貫き通すことができるか？　この「一緒に寝るの？　いいよ、いいよ、寝よう寝よう！」みたいな眼差しに抵抗するなんて……！

「……フラン」

「！」

ハッ、とする。あ、危ない危ない、危うく一線越えるところだった……。

救ってくれた女神の声は、階段の前。振り返ってみると、なにやらもじもじとしている。

「て、手紙……か、書いてみたの……」

「！　え、あ……お、俺まだ途中で……」

「あ！　いいいいいいわよ！　お互い書き終わったら交換するって話だったじゃない!?　えーとえーと！　でもあのその！　か、か、か、書き直したくなっちゃってね!?　今！」

「え？」

しかし片手に手紙はバッチリ持ってるのに？　今書き上がったばかりなんだろうか？

やばいな、俺まだ2行……。

だって何回書いても……こう、こっ恥ずかしいだけのポエムみたいになって……！

ん？　いや、でも……『今』書き直したくなったって……どういう意味？

「そう！　今！　色々！　なにかが！　ええ！　なにかが違ってたというか！　勘違い甚《はなは》だしかったというか！　私マジ、私イィ！　っていうか！　そう！　そ、そんな感じになったっていうか！」

「？　は……はあ？」

「だだだだだだからあの！　も、もうもう少し待って頂いてもよろしいかしら⁉」

「は、はあ？　俺も書き終わってないから、むしろありがたいくらいだけど……？」

「う、うん！　ありがとう！　では！　わたくしもう今日はお休み致しますのことよ！　おやすみなさいませ！」

「は、はい。おやすみなさいませ……」

口調が……お嬢様モードですらないんだけど……？

ど、どうしたんだろう？　顔も真っ赤だったし……熱があるのかな？

「ラナ？　解熱《げねつ》の薬いる？　顔赤いけど……」

「黙れ！　おやすみって言ったでしょ！」

「ごめんなさいおやすみなさい」

……超怒られてしまった。な、なんで？

2章　俺明日死ぬんじゃないの

『ダガン村』の人たちが来て2日目。ドゥルトーニルのおじ様とカールレート兄さん、そして次男のエールルレートが揃ってやってきた。

『ダガン村』代表にカルンネさん。事情を知るダージス。昨日泊まっていったレグルスと、クーロウさん。で、俺とラナも椅子を持ってきてくっつけたテーブルの前に座る。

お茶とお菓子は出してあるし、まあどうなることやら。

「なるほどな、事情は大体分かった！」

キーーン……って来る。ああ、耳がね。クーロウさんの比ではない大声なんだもん、おじ様。

ダージスとカルンネさんも思わず目を瞑《つむ》ってしんどそうな顔になる。

あーあ、そんなあからさまに顔に出して～。

「学校に関してはカールレートとエールルレートに任せてある！　お前らで決めろ‼」

「ああ、それじゃあその『ダガン村』の人たち30数人だったか？　……は、『竜石職人学校』の方で受け入れよう。人手があるのは特に困らないからな」

胸を撫で下ろすカルンネさん。『ダガン村』の人たちは、本人たちの要望――『緑竜セルジジオス』への移住が通ることになりそうだ。

とはいえ、彼らが移住に必要な金を稼《かせ》げるようになるのは少し先。竜石核を作れるようになるのは、グライスさんも言ってたけど修業が必要だからね。

国民権破棄料が払えなければ不法入国者として強制送還。

アレファルドに連絡はしたけど、国民権破棄の希望通知書が30枚以上送られてきたら、さすがに俺の親父が何事かと思って陛下の耳にも入ることになってたか。余計なことしたかな？

いや、だとしても事前連絡大事。報連相《ほうれんそう》大事。

ふむ、問題は国民権破棄料の支払い期限か。最悪借金という形で貸し出してもいいけど、踏み倒されたらこっちが損だし……難しいところだね。

「学校の方でその村人たちを監督するのはエールレート、お前に任せるぞ」

「分かったよ、兄さん！　元々学校の方は俺主体だしね‼　任せて‼　えっとそれで……レグルスは養護施設の子どもたち、だっけ？」

「エエ」

さて、次はレグルスの連れてきた元『赤竜三島ヘルディオス』の子どもたち。

だが、こちらは心配してない。なぜなら……。

「ツク！」

「ち、父上⁉　早い早い！　早いですよ⁉」

ぼろっと大粒の涙がテーブルに落ちる。ギョッとしたのは俺とレグルスとクーロウさん以外。

俺たちはこうなると分かってた。カールレート兄さんたちもね。ただ、予想外に早かった！

「お、親に……親が……！　テメェのガキを育てられねぇから捨てるだと……⁉　そんなこと
が許されていいと思ってんのかうおおぉらぁぁあぁぁあ‼」

「っ」

ドゴン！　と、なかなか派手に音を立ててテーブルを殴《なぐ》るおじ様。

……ミシッ、バキッて聞こえたのは気のせいか？　気のせい……チラッ、とクーロウさんを
見ると目だけで「あとで直してやる」と頷かれた。

りょーかいでーす。よろしくお願いしまーす。……請求はドゥルトーニル家で。

「全員うちで引き取ってやるぁぁあぁ！」

「ちっ、父上！　父上落ち着いて！」

「昨日その話は『本人たちの意思を聞いてからにしよう』って言ってたじゃないですかー！」

兄弟に左右から腕を押さえつけられて、しかしそれでも叫びながら両手を掲げるおじ様。

あーあ、ラナとダージスとカルンネさんがドン引きだよ。

レグルスは笑みを浮かべて紅茶を飲んでいるので、やはりこうなることが分かっていたな？

「落ち着いてよ、おじ様。俺たちもまだ会ってないけど、髪や目の色が俺と似たような感じらしいよ？　それでも引き取るの？」

人情に厚いおじ様のことだから、そう言い出すんじゃないかとは思ってたけどさー。

俺の髪と目の色を嫌うおじ様が、俺と似たような色の子どもたちを「全員引き取る！」なんてギャグでしょ。案の定ピタ、と面白いくらい分かりやすく固まるおじ様。

さあ、どう出るどう出る？

「……そ、そうなのか？」

「エエ、そうネ。大体みんな赤毛系ネ。髪がベージュでも瞳が真紅とか、そういう子たちヨ」

「む、むむむむ」

悩むんかい。いくら情に厚くとも、迷信に逆らえないとは……というより、これまで積み重ねてきた諸々の言動を今更曲げられないって感じ？

俺も紅茶を一口飲む。うん、今日も美味しい。

「それで提案なんだけど、学校の側、牧場寄りの場所に新しい養護施設を作らないかって。昨日レグルスとクーロウさんが話し合って、おおよその設計図はできてるんだけど」

「あ、ああ、その話は聞いているし、父上は許可も出している。でも、そうか、町でなく牧場寄りに作るのか」

「その方がいいでしょ。町寄りに作るとホラ」

カールレート兄さんに、おじ様の方を促す。苦虫を噛み潰したようなおじ様の表情。いやもうなんかすんげー嫌そうな顔されたけど、だって実際おじ様、今微妙な答え出したじゃんよ。

「え、ええ。あの、フランが学校に講師として行く日に、子どもたちの様子も見られて、その方がいいんじゃないかなって……」

「なるほど！　いい考えだな!!　娘ェ！」

「ひぇ……」

だから、なぜいちいちテーブルを怒鳴りながら殴るのか。

ラナだけじゃなく、ダージスとカルンネさんも顔を青くして身を震わせているではないか。

いや、この2人はどうでもいいけど。1カ月近くお世話になったおじ様だが、やはりこの怒《ど》気《き》満々の態度は怖いんだろう。あとうるせぇ。

「あの、その子どもたちの国民権はどうするんですか？　『赤竜三島ヘルディオス』にも国民権破棄料とかあるんでしょうか？」

その横で冷静に挙手して質問してきたのはエールレート。

それにはティーカップをソーサーに置いたレグルスが答える。

「いいえ、あの子たちはそもそも『赤竜三島ヘルディオス』で国民権を与えられていないのヨ。

親が産んですぐに『育てられない』と申請すらしてないからネ。言うなれば〝存在していない子ども〟たちナノ。だから『緑竜セルジジオス《この国》』で国民権を得るのに、お金はかからないのよネ～」

「────ッッッ‼」

「父上！」

「抑えて！」

顔を真っ赤にして再び立ち上がるおじ様。左右から再びおじ様を取り押さえる兄弟。

衝撃を受けたのは、なにもおじ様だけじゃない。驚いた顔をするラナたち。

俺は眉を寄せる程度で感情を抑えたけれど……へぇ、そう……『赤竜三島ヘルディオス』

……そこまでのことをするのか……。

「まあ、それなら申請すればすぐに『緑竜セルジジオス』国民になれるってことでもある。国民権は心配なしってことだな」

「エエ、そういうことネ」

「む、むう」

よしよし、おじ様が納得して座ってくれた。そのまま大人しくしててくれ。

『ダガン村』の人たちはこれから稼いで、個々でなんとかするとして。

施設を建てる場所。その辺はクーロウさんとレグルス、おじ様たちが帰り道に検討するだろう。なのでそれも俺たちは関与しなくてオーケー。

つまり、俺とラナが関わるのは、その施設が建つまでの間の子どもたちの住む場所のこと。

設計図などは昨日の段階で大まかに決まっていた。なので、すぐに話はそちらに移る。

「それで、施設が建つまでの間の子どもたちの住む場所なんだケド……ここの牧場で預かってくれそうなノ。ネ？」

「ああ、うちは構わないけど……」

「え、いいのか？」

「いいよ。ドゥルトーニル家のある『エンジュの町』も、居心地良く過ごせるか微妙だしね」

「あ、ああ、そう、だなぁ」

カールレート兄さん、目が泳いでるよ。

まあ、な……。赤毛・赤目が敬遠されがちなので俺も『エンジュの町』にいる間はおじ様に「あんまり外へ出るなよ」って怒鳴られてたから……そういう顔するのは仕方ないと思うけど。

「…………別宅も建ててるぞ」

「「はい？」」

「別宅を建てる！　その施設の側に!!　庭つきの！」

「「「は、はぁぁぁあぁぁぁあぁ⁉」」」

お、お、おじ様ぁ⁉　突然なにを言い出してんの⁉　は？　別宅？　別荘ってこと？　その養護施設の側に？　は？　なんで？

「断じて、子どもたちの様子が気になるから時々見にきてみようかなとかではなく！　ああ！　いずれこの間遊学で来た『青竜アルセジオス』の若造が！　迂闊《うかつ》にうちの領土で幅を利かせられんように見張るためだ！　うおう！」

「「「…………」」」

　全部さらけ出してるよ……。

「おおおおう！　そりゃあいい！　話に聞いた限りじゃあ、『青竜アルセジオス』の王子は随分と調子ブッこいてやがるそうじゃあねぇか！　ンナァ⁉」

「⁉」
　ク、クーロウさんが乗った⁉　くっ、この熱血オヤジコンビ面倒くさい……！
　そういえばおじ様とクーロウさんが一緒にいるところ、俺初めて見たけど……まさか！

　カールレート兄さんを見ると、顔が青いまま遠い目をして固まってる！　待て待て、エールレートもなにその諦めた笑顔⁉　こっわ⁉

　あの！　カールレート兄さんが遠い目をしてエールレートが現実直視を諦めるとか、嫌な予感しかしないんですけど!?　なに、なにが起きるの!?　ラナを背中に隠しておいた方がいい!?

レグルスは優雅にクッキー食ってによによしてるけど……こ、これは――っ！

「上等だぜドゥルトーニル様よぉ！　このクーロウが持てる技術のすべてを懸けて！　砦《とりで》とも劣らぬぇー豪邸を建ててやるぁぁぁ！」

「よく言ったクーロウオオォウ！　それでこそワシの見込んだ男だぁぁ！」

「あったぼうよおぉ！　1カ月で建ててやんぜうおおおおおおぉ!!」

「うおおおおおぉう！　表へ出ろおぉ！　クーロウオオォウ！」

「受けて立つぜァァァ！　旦那ァァ！」

バン！　……ミシ、ゴギ、バキ……ダァン……。

なんの音かって？　玄関扉が内側から破壊されて外へ転がり落ちていった音だよ。

二度とやんなつったのに。いや、今壊してったのはおじ様だけど。

そして2人は雄叫《おたけ》びを上げながら、なんか上着を脱ぎ捨てて上半身裸になってんだけど。

え？　からの取っ組み合いの開始？　は？　なに？　ほんとなに？　どういうことなの？

「「うおおおおおおおおおおおおおおー!!」」

説明。説明して。カールレート兄さんに、表で取っ組み合い、からの殴り合いを始めた2人を指差す。

いや、まあ、『青竜アルセジオス』に比べてこの国は貴族の上下関係がゆんるいなぁ、とは思っていたけれども。だが、だとしても殴り合いはどうなの？

そしておじ様って脱ぐとあんなにゴリマッチョだったの？　歳の割に体格がいいなぁ、とは思ってたよ？　けどあれはちょっともうなんか……ベアと素手で渡り合えそうなレベルのマッチョなんですけども？　クーロウさんもいつもより筋肉が輝いてるよ。

殴り合う2人の顔には血と汗が。

状況。状況説明、マジ、カモン。

「あ、あ、あ、あの……」

「あ、あー……す、すまない……」

中でもラナとダージスとカルンネさんの動揺は凄まじい。

俺、あのにこやかに殴り合ってる人たちの片割れと、近くなくとも血の繋がりがあるんですけど？　カールレート兄さんも……まあ、カールレート兄さんとエールレートは実父のあんな姿を見ては意識飛ばすのも分からんでもないけど。すぐに戻ってきて説明はしてくれるつもりらしい。うん、それで？

「あの2人、師弟関係なんだ」

「………。師弟関係」

「師弟関係」

「どっちかっていうと、年齢的におじ様が」

「師匠みたいな？　感じかな、うん」

……………なんの？　と、誰も怖くて聞けなかった。

なので、とりあえずここの面子のみで話を進めることにした。おじ様の許可は出た、ということでオーケーだろう。誰かオーケーって言え。

「気を取り直して……、えーと、まず施設の建物ができるまでの間、子どもたちを牧場に預ける件は了解だ。支援はできる限りするから安心しろよ！　ブラザー！」

「うん……まあ……うん……」

カールレート兄さんも適度にうざいんだったな。

だが、さすがに表のアレが絶賛開催中だと、そのうざさも可愛いもんだ。

「『ダガン村』の人たちには、まず希望職種を聞き取りした方がいいかもしれない。『青竜アルセジオス』の民ってことは、漁業中心だろう？　農業について分からないかもしれないし、分からないなら説明会のような場を設けよう。でも、そうだな。この件はこれから本人たちと直接話した方が早いだろうか？　建物の建設予定地の下見もしておくべきだし、場所を変えるとしよう。ユーフラン、お前子どもたちの受け入れはいつでもいいのか？」

「うちは生活用品が揃えばいつでもいいけど……」

急に『ドゥルトーニル家次期当主』っぽく振る舞うカールレート兄さん。

いや、忘れてたわけじゃないけど？

子ども部屋の掃除は終わってる。生活用品……特にベッドは足りないから欲しい。生活するのに不自由はさせたくないから、迎えに行くのならついでに必要そうなものを買い足してくるか。

レグルスの方を見る。今子どもたちはレグルスの商会で過ごしていたはず。

馬車で30分くらいだが、もう連れてくる……いや、連れてこられるのか？

『エクシの町』のメリンナ先生に健康チェックしてもらってるんだよな？

「ありがたいワァ～ン。健康チェックも終わってると思うし、いったん竜石職人学校の方で合流しましょうカ～」

「学校の方でいいのか？」

「カールレート様は仕事のことを説明しないといけないでショ？　その間にユーフランちゃんは生活用品を買ってくればいいわヨ。うちの若い子に運ばせるカ・ラ」

「あー、なるほど。俺はそれでいいけど、カールレート兄さん」

「おう、ユーフランがそれでいいなら俺もそれでいいぞ！」

じゃあそんな感じでいいか。あんまり長く町に置いておくのも心配だもんな。

というわけで、一路学校へ行くことになった。

「ダージス、お前どうする」

「！」

ここでこれまで話題にもならなかった奴を思い出す。

結局未だに自分の身の振り方を決められない男、ダージス。

実家には連絡をしたのだろうが、『青竜アルセジオス』でスターレットが動く方が早いだろう。

この場所のことを書いたのなら、近いうちにダージスの家族も来るかもな。それなら、留守番させてた方がいいか？

でも、ラナも楽しみにしている町での買い物。

つまり、ダージスを１人で牧場に留守番……させてどうするって。

「ダージス、お前買い物の荷物持ち決定」

「なんでだぁぁぁ！」

そんなわけでおっさん同士の拳《こぶし》の語らいを終わらせてもらい、一度学校まで行く。

道の舗装《ほそう》も始まっており、これなら町まで10分くらい短縮するかも？　それは言いすぎかな、
と思いつつ……それなりに高い壁に囲まれた『学校』を見上げた。う、うぅん？

「ねえ、フラン……これ1カ月で完成させたとか、クーロウさんたちすごすぎない？」

「す、すごすぎるね」

『緑竜セルジジオス』は木材、木工製品、木工細工が主な特産品……それは知ってた。

だが、よもやこれほど見事な建物を、1カ月ばかりで建てるとはさすがに信じがたいでしょ。

建物は3階建て。見えるところはすべて木製。しかも、どこも細やかな細工が施《ほどこ》されている。

『青竜アルセジオス』の王都の貴族学校にも引けを取らない貫禄《かんろく》。奥に見えるのは寮だろう。男女それぞれの棟。そして、教員の寮。倉庫が4つ。

かん、かん、かん、という小気味好い音が響いてくるので、さすがにすべてが完成しているというわけではないようだ。

「す、すげぇな……」

「ハッ！　あったりめぇよ！　まあ、倉庫や広めの作業場、図書館なんかはまだ手つかずなんでこれからなんだがな」

「ま、まだ広がるのか？」

「当然だろうが、学校だぞ、ここは！　校内も使えるところはあるが、まだ建設中の場所もある。畑の方は先に来ている学生志望たちが手を加え始めているがな」

と、驚くダージスに説明するクーロウさん。

格好つけてるところ悪いのだが、クーロウさんはそろそろ上着を着てもいいのではないだろうか？　なぜ脱ぎっぱなしなんだろう。別に男として……どうの、と言うつもりは特にないのだが……俺もそれなりに、最低限鍛えてるし。うん、別にいいよな、今のままで問題な——。

「……おじ様の大臀筋《だいでんきん》やっばぁ……。クーロウさんの広背筋すごいわね〜。……はわぁ〜……」

「あ〜ラ、エラーナちゃんもそう思うノ〜？　アタシは大臀筋や大腿四頭筋《だいたいしとうきん》や下腿三頭筋《かたいさんとうきん》が好きなのよネェ〜」

「や、やだ〜、レグルスったらスケベ……!!」

「………………」

鍛えなおそう。

「じゃあユーフランとエラーナ嬢はレグルスと町に買い物、子どもたちの迎えってことで……」

「ついでにこいつもね」

こいつ＝ダージス。

荷物持ちとして連れてきたので、役に立ってもらわないと。嫌そうな顔しても無駄だ。

カールレート兄さんとエールレート、おじ様とクーロウさんとはここでいったん別れる。

門が開くとおじ様たちが入っていく。開いた門の隙間から校内に移動していた『ダガン村』の人たちが顔を覗かせた。

「あっ！　ダージス様！　ダージス様じゃないですか！」

「え、ダージス様？」

「本当だ、ダージス様が来られた！　おーい、みんな！　ダージス様が戻られたぞ！」

「あ！　い、いや、戻ってきたっていうか……また出かけなきゃいけないっていうか……」

強制連行じゃ、と思ってたが、『ダガン村』の人たちが出迎えに現れると場の空気が一変する。

わっ、と嬉しそうに人が集まり、昨日の夜にこんなことがあったとか、先に学校に来ていた『緑竜セルジジオス』の人は話に聞いていたよりもずっと優しい人、話が分かる人が多いとか、昨日はなにを食べたのかとか、ちゃんと眠れたのかと心配する人まで……。

なにこれ、ダージス大人気者。ダージス支持者がいっぱい。

「アラマ、ダージスちゃんったら『ダガン村』の人たちにモテモテじゃャナイ」

「本当ね。なんか信頼されてるって感じ。……あ、そうか……それもそうか」

「ん？」

「助けてくれた人だものね。……私にとっての、フランみたいな……」

「……」

目線を少しだけ落としたラナ。……俺は、別に……あの時……。

「アンラァ〜」

「なんなの。それより、早く町で買い物しないと時間足りなくなるんじゃない？」

「あ、それもそうね！」

「ンモゥ……エラーナちゃん、アナタちゃんとユーフランちゃんと話したの？」

「あ、あの件はそのぅ……改めて考える時間が欲しいと言いますか……」

「ハァ？」

「？」

レグルスがラナを呼び止める。そして交わされる、俺には理解できない会話。

振り向いて近づくと、ラナがギョッとした顔で「なんでもないから早く行きましょう！」と顔と手を左右に振る。あんなに勢いよく振ったら具合悪くなるんじゃないの？

「ラナ？　顔が赤……」

「行くぞー！　おー！」

あれは、ダメか。仕方ないのでレグルスを見る。腕を組んで、溜息を吐かれた。

「ユーフランちゃん、アナタ、エラーナちゃんのこと好きよネ？　恋愛的な意味デ」

「…………」

ストレートすぎて一瞬思考が止まる。す…………………ン。

「ハァ……こんなに分かりやすいのに、なんでエラーナちゃんは気づかないのかしラァ？　アナタちゃんとその辺、エラーナちゃんに伝えなさいヨ？　黙って見てようかと思ったケド、これから2人の時間が減ると余計に拗《こじ》れかねないんだからラ」

「……。…………。伝えると言われても……」

「ヤァネェ……その見た目でそういう根性はないノ？」

「見た目は関係ないでしょ」

「アラ、その見た目は使わない手はないでショ？　って意味に受け取って欲しかったワ～」

「……？」

「え？　嘘、無自覚？」

「なんのこと？」

チャラいというか軽いというか、軽薄そうな見た目。その自覚はある。根性とは無縁だろう。

レグルスの故郷ならそれなりに受け入れられそうな髪と目の色。

この見た目が役立ったことなんて特にないけど……。

「ユーフランちゃん、アナタ、自分が思っているより――」

「2人とも－！　いつまで喋《しゃべ》ってるのよ－！」

「……ハァ、そうだったわネ。行きましょうカ」

「ああ」

レグルス、なにが言いたかったんだ？　俺の見た目？　俺の見た目を使う、って？

……どうやらラナの前で先程の話はするつもりがないようなので、打ち切ったけど……。


ガランガランと先月よりも舗装された道を走る馬車。中間地点があると到着が早く感じる。

「『エクシの町』、1カ月ぶりかも」

「そういえばラナが携わってる小麦パンの店は？　店舗があるの北の方だっけ？」

「ええ、町の端の方。麦畑と風車が側にあるのよ」

「先に行ってみなイ？　小麦パンはエラーナちゃん監修のお店だもの、たまには顔を出すのも大切だと思うわヨ？」

「え、でも……」

ふむ、レグルスの言うことは俺も賛成だ。ラナはきちんと店の方も見ておくべきだろう。こちらにはあまり来られないんだし、この機会を逃す手はない。

「子どもたちの生活用品は俺が買ってくるから、ラナはお店覗いてきなよ」

「え……けど、い、いいの？」

「まあ、別にラナがいなくても買い物はできるし、小麦パン屋のことは俺ノータッチだし」

「いやいや、フランはお店の竜石道具担当してくれたじゃない」

「普通に動いてるなら、俺の仕事は終わってるもん。待ち合わせは……そうだな、中央広場で落ち合おう」

「………」

なんだろう、ラナは不安そうな顔のまま動かない。なにか、俺間違えただろうか？

内心変な汗が出る。

「うん、そうね。分かった！　次は私の番よね！」

「？　う、うん？」

「私、絶対素敵な店にしてみせるわ。フランが作ってくれた竜石道具があるんだもの。ええ、ええ！　きっと大繁盛させて『青竜アルセジオス』の王都にも、『緑竜セルジジオス』の王都にも、その名を轟《とどろ》かす名店にしてみせるわよ！」

「………うん」

この、ラナのスイッチ入る基準が未だに分からない……誰か教えて欲しい。

町の入り口で腰に手を当てて「オーッホッホッホッホッホッ！」って高笑いまで始めてしまうし。ご近所がいないとはいえ町の入り口なのでなかなかに響く。

おいコラ、レグルス。なに1人で肩震わせて笑ってるんだ。どういう意味の笑いだそれ。

「俺は買い物に行くので、レグルスはラナをよろしく」

「エ、エェ……わ、分かったワッ……」

なに笑ってんの本当に～……この2人セットにして町を歩かせて大丈夫なんだろうか。

まあ、そんな心配はあるものの……買い物をある程度終わらせてから広場に戻る。

買い物した物が物だけに、かなりの重量。

時間とかは決めていなかったが、俺が広場に着いたとほぼ同時――面白いほどぴったりラナとレグルスが現れた。ラナは顔色がツヤツヤしており、俺の姿を見つけるとブンブン手を振って駆け寄ってくる。それがなんとなくシュシュみたいで笑ってしまった。

「っ」

「お帰り。どうだった？」

「あ、う、うん！　すごく綺麗なお店になってたわよ！　開店楽しみ！　それにね、従業員の人たちも、小麦パン作りがすごく上手くなってたのよ！　これなら絶対売れるわ！」

「へぇ」

楽しかったならなにより。ラナのお喋りは止まる気配がない。レグルスに目配せして歩き出す。次は子どもたちのお迎え。今日連れて帰れるかどうかは本人たちの希望も聞いてみないとってわけで――。

「ここヨ。アタシの商会本部」

「「ほえー」」

え、でかい。町には何度も来たけど、レグルスの店は初めて来る。

町の中で「やけに目立つ建物だな」とは思っていたけど、この5階建ての建物、レグルスの店だったのか。ワズの言う通り元々やり手として儲かってたんだな。

馬車を店の敷地内にある倉庫前に置かせてもらい、店舗の中に入る。2階に上ると、そこは応接室などがある事務所。ここ、ラナは打ち合わせで来たことあるんだってさ。

「貴重品の取引は2階ですることがあるのヨ。たとえば質のいい中型竜石や、大型竜石、宝石やユーフランちゃんから買い取った竜石核とかネ」

「え、竜石核って店頭受け渡しとかじゃないの？」

「……ンモゥ、ホントに自分で作った竜石道具の価値の分からないオトコネェ？　金貨を取り扱うのヨ？　下は人も多いしダメヨォ〜」

「ふーん？　そういうもの」

俺、商売ごとはよく分からないからなぁ。

……ラナはよくレグルスレベルの商談についていけるもんだよ。

そりゃ、俺だって諜報《ちょうほう》で他国に行ったら最低限の売買はするけど……あれを売って赤字はこう取り返すとか、あれを売ってこう儲けるとか、それがどんなことになるからこうする、とか分からん。影響予測ならできなくもない。しかし、実行する勇気が、なぁ。

「じゃあ、ここで待っててくれル？　子どもたちはもっと上の階に泊まらせているノ。一応聞くケド、分かってるわネ？　2人とモ？」

「「え？」」

「エ？　じゃ、ないわヨ。2人で話すことがあるでショ？　言っておくケド、せいぜい30分くらいしか2人きりにさせてあげられないからネ？　しっかり話し合っておくのヨ」

「「え？」」

パタン。閉められて、部屋に2人だけにされた。しかし、レグルスの言うことが分からない。話さなきゃいけないこと——あ、さっき学校の前でしてた話か。

子どもたちを預かると2人の時間が減るから、ラナに……俺の気持ちを言えって……。

「…………………」

天井を見上げる。俺の気持ちって言われても……。

手紙にはこっ恥ずかしいポエムみたいなえげつない文字しか書けないし、確かにストレートに言葉にするべきなんだろう。けど、あのこっ恥ずかしいあれこれを？

ラナに、言葉で伝える？　なにそれ拷問《ごうもん》？

恥ずか死ぬ。１００パーセント恥ずか死ぬ。そんな勇気俺にはない。

そもそも、伝えないとダメなのか？　伝えてなにか変わるとでも？　え、まずその変化後がよく分からない。

俺がラナに自分の気持ちを伝えるっていうのは、えーと……俺の恋愛感情を伝えるという意味、だよな？　それを伝えて……え？　引かれない？　ドン引きされない？

知り合って半年程度の男に愛の告白とかされて、女子って引かない？

親同士が決めた婚約者というわけでもなく、貴族として利のある婚姻《こんいん》というわけでもなく……むしろ他に好きな人ができたらさっさと別れてその相手と一緒になった方が——あ、それは嫌だ。今の生活は幸せで、できることなら、ずっと……。

「そ、そうね……」

「え？」

ど、同意が返ってきた!?　あ、い、いや、独り言か。

さすがに声には出していないはず。思わず口押さえちゃったけど。

「そうね、いい機会だわ。話しましょう」

「え、え？　な、なにを？」

「一応手紙に書いたおかげで整理はある程度できているし……この機会に、手紙に託すはずの話を——しましょう！　上手く言えないかもしれないけど、そこは許して！」

「……、……わ……分かった。じゃあ、お、俺も……」

終わった——！

引かれる。ドン引かれて終わる。半年か……意外と短かったな……。

いや、本来なら存在さえ知られていなかった上、横恋慕《れんぼ》だったことを思えば十分すぎる奇跡。

君と半年も生活できたことに感謝しないとな。……なにに？　守護竜様に？　どこの？

「あ、あのね、フラン」

「は、はい」

「な、なんで敬語なの」

「え？　えーと、なんとなく？」

そりゃ身構えるでしょ。心の準備するでしょ。これから振られるんだから。

そして俺は君に身の丈に合わない想いを告げてドン引きされて……嫌われるんだろう。

そんな未来を前に心の準備くらいするでしょ。

「……あの、あのね、実は……」

ああ、いっそ……いっそひと思いに——！

「実は、私……『ハルジオン』のお城であなたがアレファルドのところに帰らないって言うまで……疑ってたの。あなたがやっぱりアレファルドの部下のままなんじゃないかって」

「…………。ん？」

「……ん？」

思わず聞き返した。

え、俺がアレファルドの部下？　まあ、部下だったけど、その嫌疑《けんぎ》はもう晴れていたのでは？

「ま、まだ疑われてたってこと？」

「実は」

「…………」

あー……。そうでしたかー……。

「ご、ごめん」

「いや、うん、俺の見た目ではそうだよね」

「ち、ち、違うの！　見た目は関係なくて！」

「中身？　性格？　喋り方？」

「……ごめん、見た目含めて全部」

「そっかー。素直でよろしい。……それで？　今も？」

「今もちょっと実は疑ってる……」

そっかー……。

「えっと、だからね、だから……あの夜にアレファルドとなにを話したのかを教えて欲しいし、それに私はあの小説の『悪役令嬢』だから……フランのことを利用しようって思ってるの。報《ほう》酬《しゅう》を払えばフランも納得するだろうって打算的に動いてる……と思うの。これは、なんか自分でもやな感じで仕方ないんだけど……けど……」

「……！」

「けど……これは、きっと私が『悪役令嬢』だから……」

ぽろ、と涙が手の甲に落ちる。握られた拳。ラナがきつく握ったそれに落ちた透明な雫《しずく》。

──『悪役令嬢』──ヒロイン、リファナ嬢の邪魔をする悪役。

まだ気にしてたのか。

「ラナ、それは……自分で『やらない』って決めたんだろう？」

「うん、うん……！　や、やらない！　だって関わったら死んじゃうんだもの……！　そんなの嫌よ。あんな奴らの当て馬で死ぬなんて……」

「君はやってないじゃないか」

「うん、やるつもりなんか、ないもの……！　けど、それでも、私、完全にフランを利用してるみたいじゃない……？　今までの、私……フランが嫌って言わないからって、試すような、甘えるようなことばっかりしてたじゃない……!?」

「俺は構わないって言ったよね？」

「でももしもフランがアレファルド側だったら私どうしたらいいの!?」

顔を上げたラナの顔。感情豊かな彼女は、いつもコロコロと表情が変わる。

しかし、俺はこの表情だけは……できればもう二度と見たくないと思ってた。

それも、ここまで哀しみに染めてしまったものは……。

「あなたがアレファルド側だったら私は破滅まっしぐらじゃない！　いやだ、疑いたくない、フランは私の側にいることを選んでくれた、そのはずだって！　そう考えるようにしてても、あの夜にフランがアレファルドと、どんな話をしたのか分からなくて……不安なままなの！　あなたのことを信じたいけど、どうしても疑っちゃうの！　そんな風に疑うのは、きっと私が『悪役令嬢』だからだと思うと……」

「それは俺のせいでしょ？　ああ、あの夜のアレファルドとの会話、ね……。んー、実はあんまり言いたくないんだけど……」

しかしラナをここまで追い詰めてしまってたなら……ああ、観念しよう。それに、言語化が難しい。そう言ってた理由も分かった気がする。

ズボンのポケットからハンカチを出して……恐る恐るラナの頬に添えた。

布越しでも、自分から君に触れたのは初めてで緊張がパネェ。

「……あの夜アレファルドと話してたのは……その、女の子との、えーと……話し方？　接し方って言えばいいのか……どうしたらいいのかって話をね、相談してたの」

「………………。へ？」

キョトンと見上げられる。涙は面白いほどピタリと止まった。

……人間の涙ってこんなに分かりやすく止まるものなの？

「その……、俺はこんな見目だけど、仕事が忙しくて女の子と話す機会が全然ないまま生きてきたから……ラナと生活するようになって……本当言うと、いつも緊張してるし、なにを話していいか分からないし、ぶっちゃけ今もこの慰《なぐさ》め方で合ってるのか、戦々恐々としてる」

「………え。嘘。その見た目で……？　女の子と？　え？　か、か、関わってこなかった？　え？　その見た目で？」

よほど大事なことだったのか2回も確認された。仕方ないので2回とも頷いてみせたよ。

「その見た目のチャラさで!?　貴族モードの、あの軽さで!?」

改めて確認されたので「そうだよ」と割と強めに肯定する。

あれ、これ俺怒ってもよくない？

「俺を女の子免疫ゼロにしたのは、俺をこき使いまくってきたアレファルドたちなんだから、その責任を取ってその辺のコツみたいなのを教えるべきだろう、って……そういう話をした」

「……なにそれ、嘘でしょ？　嘘だと言って……」

「本当です」

「…………。私最悪じゃないいぃ！」

「まあ、若干俺からしてもそれはコノヤロウって思ったけれど」

「ごめんなさいごめんなさい！」

「そう勘違いさせたのは、俺も悪かったからだと、思うから……」

「いやいやいやいや、完全10：0で私が悪い！　本当にごめーーーん！」

嘘は言ってない。実際そういう話もしたし。

しかし、白状してみたら肩から力が抜けるようだ。

ラナの立場に関して俺は少し——理解が足りなかったんだろう。

大雑把《おおざっぱ》でポジティブに見えるが、物語の中の『悪役令嬢』という楔《くさび》はまだ深く突き刺さったままなのだ。どうしたらその枷《かせ》を外せるんだろう。

その、ラナの死ぬ予定の何部の何章ってのが終われば、安心してくれるんだろうか？

「あと、アレファルドとの主従関係だけど、そっちは本当に切れてるよ」

「……そ、そうなの？」

「まあ、ある程度伝手《つて》は残ってるから、今回のダージスと『ダガン村』の件は報告したけどな。『ダガン村』は、現アルセジオス王が国境の町の1つにする予定で作った村だった。それを流しておきながら、異常なしって報告するなんてスターレットはアホすぎるでしょ？　まあ、スターレットの地位ならその誤報告の責任をダージスに押しつけて、知らぬ存ぜぬで突き通すこともできるだろうけど」

「な、なによそれ！　そんなの不正じゃない！　物語の中のスターレットでも、確かにやりそうだけど！」

……スターレットって物語の中でもそんな奴なのかよ……。

「でしょ？　だから、伝手を使ってアレファルドに報告はしたよ。その程度はね……。まあ、だからあとはアレファルドの采配《さいはい》次第。君のお父上である宰相と対立している今のアレファルドの立場上、味方の公爵家が減るのは避けたいだろうけど――今回の件は俺、親父にも報告してるから陛下の耳にも届くと思う」

「！　……『ダガン村』は、陛下の指示で作られた村……それが流れたのに、嘘の報告をした者を庇《かば》うのは……」

「王子として王の信頼までなくすのは避けたいだろう。どっちを庇ってもアレファルドにとってはちょっとした地獄だよね～」

できれば乗り越えて欲しい気持ちもある。

多分、ここを無傷で乗り越えなければ『王』としてやっていくのはより難しくなるだろう。

アレファルドにはもう……できることなら〝俺で最後にして欲しい〟。

「な、なんて面白いことになってるの……！　あぁっ！　できることなら頭を抱えて苦悶《くもん》の表情を浮かべるアホ王子を近くで眺《なが》めたい！」

この子さっきまでポロポロ泣いてたよね？

今はハンカチ握り締めてむちゃくちゃツヤツヤ笑ってるんだけど。

恐るべしエラーナ・ルースフェット・フォーサイス。

やりたくないと言いつつ絶好調に悪役令嬢やってるなー。

「ん？　……じゃあ、アレファルドにはそういう報告をして、私のことは……」

「うん、アレファルドに女の子との話し方を聞いた結果、『自分の心を言語化すればいい』としか答えてもらえなくてね……それが難しいから相談したのにっ」

「そ、そうなんだ。ああ、そういえばそんなこと言ってたわね……なんかごまかしてるのかと思ってたら……本当にそういう話してたの……」

本当にそういう話もしてたのだ。

「……なんだ。……そ、そうかぁ……」

はあぁ、と深い溜息を吐きながらしおしおとその場にしゃがみ込むラナ。口を開けて天井を見上げる姿は、脱力感溢《あふ》れすぎではなかろうか。

でも、それほどまでにラナの中では重かったのだろう。〝荷が下りた〟って感じなのかな？

安心してくれたならいいな……。

「まあ、確かに俺もラナの立場なら俺のこと信用できないから普通じゃない？」

「そ、それ自分で言っちゃう？　……いや、うん、けど疑って本当にごめんなさい」

「ご理解頂けたなら結構です」

まあ、これはしばらく疑われたままになりそうだがそれは仕方ないだろう。

今自分でも言った通り、俺がラナの立場なら俺も疑うし。

自分の命が懸かってるなら尚更《なおさら》、不安要素には目を光らせておきたい。

「じゃあ、えーと次はフランの番ね」

「……。…………。…………」

「ちょ、ちょっとなにその顔と動き！」

俺の番……俺の番か、そうか……そういえばそうだな？

一瞬かなりの真顔になった。そして左手で頭を抱え、よくよく考えてから両手で頭を抱えてソファーの背もたれにおでこを押しつける。

……………………なんて言えと？

だってこの流れで言える？　実はずっと結婚に浮かれてたとか、ラナがそんなに真剣に自分の将来、命に関して悩み続けていた横で浮ついていたとか言える？

恥ずかしくない？　別な意味で恥ずかしいよな？　カッコ悪いにもほどがある。

むしろ人として最低なのでは？　だって好きな女の子がそんなに深刻な悩みを抱えていた横でウキウキしてたんだよ？　死ねばよくない？

「…………いや、えーと……」

「う、う、うんっ」

「……？　なんでワクワクした顔してるの」

「え！　そ、そそそそんな顔になってるかしら!?　おおぉおかしいわねぇ!?」

おやつをちらつかせた時のシュシュみたいな顔になってたよ。

なぜ？　いや、本当になぜ？　なんの期待に胸膨《ふく》らませてるの。

くっ、こっちは自己嫌悪の中でこれまでの自分の浮わつきまくった気持ちを告白しなければならないというのに。でもラナはちゃんと話してくれたんだし、俺も向き合わないと。

「俺は、その、さっきも言った通り……女の子と会話とかまともにしてこなかったんだよ。お茶会やパーティーに出ても、基本的にアレファルドたちの側でアレファルドたち目的のご令嬢たち対応してたし、仕事で学園にも半分は通えてなかったし」

「あ、ああ……」

お茶会やパーティーに関してはラナも記憶にあるはずだ。そして、その場に俺がいた記憶はないのだろう。分かりやすく目を背けられる。そう、そういうことなのだ。

「でもその分、学園内、国内外の情報にはそれなりに詳しいと思う。君がアレファルドに婚約破棄を言い渡された時に手を伸ばしたのは、前も言った通り。君がリファナ嬢を虐《いじ》めていた事実はないって知ってたから」

「………」

ラナが一瞬だけ泣きそうな顔をする。

スターレット、ニックス、カーズの婚約者たちは、「リファナ嬢の悪口を流していたのはエラーナ嬢だ」と、ラナにすべての罪を押しつけていた。

婚約者同士交流はあったと思うけど、よくもまあ同じ立場でそんなことができたものだ。明日は我が身とは思わなかったのだろうか。

「で、まあ、その流れで親父に君の護衛兼保護を頼まれた。俺の親父の後ろには陛下がいる」

「へ⁉　へ、へへへ陛下⁉　『青竜アルセジオス』の⁉」

「？　そう。陛下としても後継のアレファルドが、しばらくの間は補佐になる宰相様——君の父上と対立するのは避けたかったんだよ。……ん？　あれ、この話してないっけ？」

「し、してないわよ⁉」

してないっけ？　そうだっけ？

「てっきり私のお父様に頼まれたからだと思って——」

「まあ、ラナを公爵家に迎えに行った時、頼まれてたけどね、宰相様にも。でも一番の大元は陛下。俺の親父は宰相様より陛下に近いからね」

「っ……」

陛下の具合があまりよくないとの連絡も来ている。ラナの父、宰相様は恐らく、陛下が俺の親父にラナの護衛兼保護を頼んでいたのを知らないと思う。あれ、でもそうだとしたら……。

「え、ま、待って、それが本当なら……小説の中のお父様は……！」

「……！」

「…………‼　ごめんなさい、フラン！　話の途中だけど、私今すぐお父様に手紙を書きたい！」

「わ、分かった」

……あ、あれ、俺の気持ちを話すところまで行かなかったな？

でも、確かにこのことは伝えておいた方がいいかも？

親父、宰相様に話してないとしたら……いや、話してはなさそうだな。

うちの親父と宰相様ってそこまで仲良くないし。そこまで仲悪いとかでもないけど。

ただ、ラナの知る『ストーリー』だと、宰相様は国王陛下に毒を盛り、ゆっくり時間をかけて毒を体に蓄積させて毒殺してしまうらしい。

ラナはこまめに手紙を送り、万が一にも宰相様がそのような暴走に至らないよう、「私は日々楽しく充実している」と伝えていたのだ。

宰相様がラナの報告を額面通りに受け取ってくれているならいいが、そうでなくてアレファルドだけでなく陛下とも関係が悪くなっていたらラナの実家にとっていいことなど1つもない。

陛下はラナを守ろうとしている側なのだ。

そこに勘違いが起きていたら陛下が可哀想《かわいそう》すぎる。

「ウォッホーン！」

……扉から謎のわざとらしい咳《せき》払いが聞こえる。

ちょうどいいから「どうぞ。あと便箋《びんせん》とペン貸して」と告げるとすぐに扉が開く。

いかにも「はあ？」な顔をしたレグルスに、ラナが大慌てで駆け寄った。

「レグルス～！　便箋とペン！　便箋ちょうだいペン貸して！　今すぐにお父様に手紙を書かなきゃいけないのよおぉ！」

「お!?　ちょ、ちょっとちょっと落ち着いテ！　エ？　なんでそんなことになってるのヨ？あ、ああ、ハイハイ、今あげるから落ち着きなさイ」

「うえええぇんっ」

応接間に用意された庶務《しょむ》机からレターセットを取り出し、インクとペンも用意してくれるレグルス。接客用のテーブルで半泣きになりつつ手紙を書き始めるラナ。

俺は入り口に戻ってレグルスの隣で待機。手紙を覗き見るほど、デリカシーなしではない。

「一体なんの話してたのヨ？　ちゃんとさっきの件について話したのよネェ？」

「えーと、そこに持っていく流れの途中で意外なことが発覚したらしく……あのように手紙を書いておられる？」

「な、なによソレェ……」

「んー、なんか……まあ、俺にラナの護衛兼保護を依頼した大元が、陛下だとは思わなかったみたいで」

「………………。へ？」

おや？　レグルスの方も目を丸くしたぞ？

「ちょ、ちょちょチョッ……エラーナちゃんのことをアナタが保護してたのって、『青竜アルセジオス』の王様の依頼だったノォ⁉」

「息子の粗相《そそう》で宰相様と対立させるのまずいと思ったんだろう」

「！　……そ、そうだったノ……お、王様だなんて、そんなまさかお国で一番偉い人が出てくるとは思わなかったわヨッ。ハァ〜、ユーフランちゃんたちって、ホントに貴族だったのネェ」

「そうだよ？　ラナなんか公爵家の一人娘だし」

「……あ、アァ、マア、そ、そう言われるとネ……でも、まさかでしょォウ」

……そういうもの、なのか？　もしかして『青竜アルセジオス』は貴族の縦割りが強いから、王様がきちんと管理しなければ立ち行かなくなるから、か？

そう考えるとアレファルドは本当にやらかしたなぁ。これからの成長を祈る。

「あの……」

「ア、そうだワ。先に紹介しておくわネ」

「ん？」

廊下から声。振り返ると、花のようなお嬢さんが立っていた。

俺と似たような髪と目の色。ショートボブの髪にはリリスの花の髪飾り。

おお、なんという正統派美少女だろう。着ているものがオンボロ継ぎ接《は》ぎワンピースでなけ

れば、どこへ出しても恥ずかしくない淑女《しゅくじょ》になれるのでは？

「クラナです、初めまして」

深々とお辞儀《じぎ》をされた。ちらりとレグルスを見るといらんウインクをされる。

「施設最年長の16歳、クラナよン」

かなりどうでもいい投げキッスされたので避けた。本能的に避けた。これぱかりは仕方ない。

「クラナはネェ、本当は15歳で施設から出なきゃいけないんだけど、下の子がまだ小さいからってことで残ってたんですっテ」

「へえ？」

「は、はい。わたしが去年出る時に、生後半年の赤ちゃんが2人も入ってきてしまって……」

「？　話では……」

子どもは7人。最年少でも6歳だと聞いていたんだけど、実は乳幼児がいる？

けど、この子が今16歳で、施設を卒業する歳が15歳ということは――。

俯いて深刻そうな顔になる彼女を見た時、息を飲む。しくじった……。

「……そう。……じゃあ、まあ、具体的な話をしようか」

「え？　は、はい」

「今ちょっと応接間は使用中なので、他の部屋で話す？」

「そうねェ……じゃあ3階の空き部屋を使いましょうカ。エラーナちゃん、アタシたち3階にいるから、手紙書き終わったら1階の配達屋に頼めばイイからネェ？」

「うんありがとうー！」

と、いうわけでラナを応接間に残し、俺とレグルスとクラナは3階に移動。

隣の部屋からはぎゃあぎゃあと子どもの声が響いている。元気なのはいいことだ、うん。

簡素な木製の椅子とテーブル。壁は木の板が打ちっ放しで壁紙もついていない。

窓にレースカーテン。椅子に座って、とりあえず彼女の話を聞くことにする。

「クラナ、まずは居候《いそうろう》先のご夫婦を紹介するわネ。この人がユーフランちゃんヨ。奥サンのエラーナちゃんはさっき応接室にいたあの子。今下で家族に大事なお手紙書いてるから、あとで改めて紹介するワ」

「よろしく」

「は、はい、よ……よろしくお願いします」

クラナが頭を下げた時、壁がドーンっとなにかぶつかるような音を立てた。

女の子の大声で「やめなさいって言ってるでしょー!!」と続く。

「元気だね」

「す、すみません……」

「ウフフフ、元気なのはイイことヨォ。ネ？　ユーフランちゃん？」

「そうだね」

俺もそう思う。元気なのはいいことだ。子どもはあのくらい騒いでる方がいい。

「……実はネ、子どもたちの健康に関してだけど、メリンナ先生には1人を除いて問題なしと言われたワ」

「！　……病気？」

それは心配だな。治療費ならうちで出す、と出かかる。でもそう口に出す前に、クラナが俯いたまま口を開く。

「病気というか……その、もっと深刻で……」

「『赤竜三島ヘルディオス』では分からなかったんだけど、メリンナ先生に診断してもらった結果、ファーラという10歳の女の子が『加護なし』と言われたノ……」

「……!?　『加護なし』!?」

思わず立ち上がりそうになった。とんでもない事態をぶっ込んできてくれたものである。

『加護なし』——『聖なる輝き』を持つ者の真逆。守護竜の加護を得られない者を指す言葉だ。

そのため、『加護なし』は竜石道具を使えない。

なぜ加護が与えられないのか。一生加護が与えられないままなのか。その辺りは謎に満ちている。なぜなら、『加護なし』と分かるとみな不吉がって迫害《はくがい》され、いつの間にか人里から離れて消えてしまう。貴族の場合はより悲惨で、そもそも公表されないまま朽《く》ちるまで監禁《かんきん》される。

俺の髪や目の色がこの国で『不吉』と言われるのとはわけが違う。

存在そのものが『不吉』と言われているのだ。

「……よく10年生き延びたね？」

「あの国は族長とその分家しか竜石道具を持っていないからラネ。それが幸いしたんだワ」

「なるほど……」

『赤竜三島ヘルディオス』は神竜を信仰する国だ。もし『加護なし』だなんてバレていたら即刻殺されていただろう。まさか竜石道具がないことで生き長らえたとは……。

「……この国でも『加護なし』は歓迎されないだろうな」

「エェ……。バレると面倒そうだから、他の人間には話してないワ。メリンナ先生はそもそも興味なさそうだったケド」

「それがいいだろうなぁ」

「あの、ファーラはどうなるんでしょうか」

不安そうなクラナ。この子にとってはそのファーラという女の子も妹、家族同然なんだな。

たとえば俺の弟の1人が『加護なし』だったら——。

そう考えると、いたたまれなくなる。

「んー、まあ、それでも施設で暮らせばいいんじゃないか？　これまで竜石道具なしで生きてこられたなら、難しく考えずに、さ」

「！」

「ユーフランちゃん、イイノ？」

「竜石道具は生活を豊かに、楽にさせるもの。ただそれだけのものだもん。使えないだけなら生きるのが少し不便なだけだろ。うちの牧場は自給自足だし、竜石道具が使えなくても大丈夫だよ」

　周りの人間まで使えなくなる、とか近くにある竜石道具が使えなくなる、とかはさすがに困るけど。せっかく生き延びたのなら……本人が生きたいなら、生きればいいんじゃない？

「あ、ありがとうございます……！」

「君にお礼を言われる理由はないけど」

「ウフフフフ。ああ、けどクラナ、ユーフランちゃんは結婚してるからネ？」

「は⁉」

「？」

「な、なななななんば言いよぉっとぉ！　んもお！　レグルスねぇちゃんはすんぐそういうことに話を持ってきたがんだからぁ！」

「……!?」

な、なんて？

「…………あ……」

「ごめんなさいネ、うちの子ちょっと感情的になると訛《なま》っちゃうのヨ。マア、これはこれで可愛いから許してあげてネ☆」

「はぁ……」

絶対わざとだろ。――ああ、『赤竜三島ヘルディオス』は、大陸から離れているからヘルディン族は訛りが酷《ひど》いんだっけ。やれやれ、別に訛るくらいいいけどさ。

「それで、エラーナちゃんの牧場カフェ、人手不足になりそうならクラナたちを使ってあげてくれないかしラ？」

「あー、確かに1人で切り盛りできそうな店舗じゃないからな。そうだな、まあ、その辺は店長と直接交渉して」

「だ、そうヨ、クラナ。働き口は用意してあげたから自分で確保なさイ」

「う、うん」

ちゃっかり者め。

「えーと、じゃあ次だな……」

まあ、そんな感じでラナが来るまでに最年長で施設の代表者になる予定のクラナに『国民権』に関する説明をした。

申請手続きに関することや、今後の生活の流れ、施設の図面などで他に必要なものや気をつけるべきことなどを、彼女から指摘してもらいながら話は進む。

あっという間に空が暮れそうな時間になったので、その日はお開き。

早ければ今日連れて帰ろうと思ったんだが……。

「今日はやめておきましょうカ」

「そうだな、夕飯食いっぱぐれる」

「あの、ありがとうございました」

明日、ということになった。他にも買い出した方がいいようなので、また買い物だな。

で、ラナは……。

「ふふふ、これでお父様は大丈夫ね！」

と、1人入り口の脇で仁王立ちし、腕を組んでドヤ顔ってるので大丈夫そうだ。

レグルスに背中を小突かれ、振り返ると「今夜こそ話の続きしておきなさいヨ」とかなりの距離で言われる。この顔が数センチの距離にある圧ときたら、だよ。

「わ、分かってるよ……」

「本当ニィ？　アナタ、自分の恋愛感情もエラーナちゃんに告げずに結婚したんでショ？　そんなの女は不安に決まってるじゃないノ～。ちゃんと安心させてあげなきゃダメヨ」

「………。分かったよ……がんばる」

それでラナが安心するかどうかは別な話だと思うけどね。

そう思いつつ、その夜は大人しく牧場に帰った……が。

「ヨシ！」

家畜たちを畜舎に入れて額を拭う令嬢。と、いう絵面に慣れてしまった自分がいる。

夕食後、子ども部屋に2段ベッドを2つ、組み立てて配置して、店舗2階は子どもたちの遊び場兼勉強スペースに模様替え。「どうせ開店は先延ばしにしたからいいのよ！」とのことだが……いや、本人がいいんならいいけどさ。

「あー！　なんかスッキリしたらまだまだ働けそう！　壁紙張り替えちゃおうかしら！」

いかん、ラナの〝ジャチク〟とやらの血が騒ぎ出している。

「ラ、ラナ、それなら……昼間の話の続きしない？」

「そうだったわ！　フランの話が途中だったんだ！」

思い出して頂けてなによりだよ……。しなくて済むなら俺もしたくはないのだが、レグルスにああも気を使われ続けてしまったからには、腹を括《くく》るしかない。

それに、ラナが俺の言葉で安心するんなら安心して欲しい。……するかどうかはラナ次第だけど。俺は自信がない。

「どこまで話したんだったかしら？」

「陛下に頼まれた辺りね」

「そうだったわね……。まさか陛下が私を気遣ってくれるなんて思わなかった……。それがたとえあのアホ王子のためだとしても！」

ラナの中の陛下ってどんな存在だったんだろう。俺の知ってる陛下ってかなりの確率で胃薬飲んでるんだけど。

「！」

——胃薬——その胃薬を用意してるのがラナの父親、宰相様だ。

ああ、なるほど……確かに宰相様なら陛下に毒を盛るのは難しくないな。

胃薬をただの薬の味のする水に変えるだけで、陛下は胃痛で起き上がれなくなるだろう！

アレファルドの様子を思い返すだけでも、陛下の心労《ストレス》むちゃくちゃだろうから。

「うん、まあ、昼間も言ったけど、そういうわけで……俺は、ラナを『緑竜セルジジオス』に連れてきたわけだけど……」

「え、ええ」

揺れる瞳。心なしか紅潮している頬。ラナの、なぜか期待に満ちた瞳。

俺の言葉でラナを安心させてやれるのならと――そう思うけど、果たして俺はラナを安心させられる言葉を紡《つむ》げるのだろうか？

「ラナ、俺は……」

「……っ」

その時だ、外から『グオオオォ……』という雄叫《おたけ》びが聞こえてきたのは。

ガタ、ガタと窓ガラスが鳴る。

「え？　なに、今の声……」

思わず振り返ってしまう。今の声は……獣《けもの》だな。しかもかなりの大型。

「ベアだな」

「熊！」

「……？　うん？　クマ？」

「あ、ベア！」

「うんそう。……この辺り秋口になると出るってローランさんが言ってた」

「えっ……ええ？」

一気に青ざめるラナ。

ベア――大きいもので体長５メートルにもなる巨獣。数はそれほど多くないが、冬眠する前に食い貯める習性があり秋口は人里に下りてくることもある。

その前に、下りてきたベアは猟友会で狩るという。

……そういえば、町に銃が売ってるから買っておけって言われてたんだった。まあ、この辺りにはミケたちがいるからベアも迂闊《うかつ》にうちの家畜に手出しはできないだろうけど……。

「時間に余裕があれば明日猟銃も買ってこよう。畜舎が襲われたら困る」

「そ、そうね……」

「大丈夫だよ、俺たちは家の中にいるんだし」

「そ、そうよね？」

「そんなに心配なら明日には狩ってくるし」

「へ？　熊を？」

「ベアを」

「あ、ああ、ベアを！」

なんだこの会話。なんかおかしくない？　クマってなに？　ラナ語？

「大丈夫、ラナのことは俺が守るから」

「…………っ」

ベアごときに遅れは取らない。だから安心して欲しい。と、いう意味で言ったのだが。

「……そ、それって、もしかして、い、一生？」

「へ？」

「一生……その、一生と、いう……い、意味、です、の？」

「…………」

聞き返されて、頭が白く染まる。

一生？　一生って聞き返された？　ラナを一生守るとかそういう話にすり替わってる？　は？　俯き気味で、目がうるうるしてて、顔が赤くて困った表情で……可愛すぎて声が詰まって出てこないんですが。えーと、えーと、これは、えーと……。

「うっ、いや、違う」

「え、え？」

「違うの……なに今のごめん、違うのそういう意味じゃないの……！　今の聞き方が悪かった絶対。あ、それに今の素直に返事されたらそれこそ私、悪役令嬢まっしぐらじゃないの、最低かよ私いっぺん死ね……」

「ラ、ラナ？」

「ご、ごめんね、フラン、気にしないで！　忘れて。なんでもないの。ホンットごめん。大丈夫、やっぱりなんでもないから」

「……？」

いきなりどうしたんだろう。意味が分からなくて、少し彼女の発言を反芻《はんすう》する。

そしてすぐに納得した。

「ラナ」

「……フラン、私やっぱり悪役令嬢なのかな……？　自分ではそうなりたくないって思ってるのに……気持ちも言葉も、なんか、やっぱりフランのことを利用するみたいになるの……」

「ラナ、聞いて」

「……？」

はあ、やっぱり。溜息を吐いた。それから1歩、近づく。

ラナとの距離はいつももう少しだけ、遠い。この距離を、俺はずっと縮めたかった。

縮まることなどない。むしろ交わることすらないと思っていた視線だ。

青みがかった緑の瞳が真っ直ぐに俺を見てくれることなんて、ないのだと。

これ以上の奇跡を望んでもいいんだろうか？

レグルスは、伝えれば安心するだろうと言ったけど……、それはラナ次第。

けれど、その可能性に賭《か》けよう。泣いてる君は見たくない。俺が見たいのは——。

「俺が君を好きになったのは、14歳の夏。アレファルドの社交界デビューの日。……引くかもしれないけど、初めて会った時、一目見た時に君のことを好きになった。だから君のその心配は、杞憂《きゆう》」

「…………………え……」

目を閉じた。思い出すのはまだ幼さの残る令嬢。

黄色の派手なドレスを纏《まと》い、歳不相応なのではないかと思うほどの宝石で飾った公爵家の一人娘。その手が掴《つか》むのは王太子アレファルドの腕。

俺にはない、熱。アレファルドに向けられる全身全霊の想い。

今と同じように見たくなくて、ゆっくりと目を閉じた。

さすがにドン引きされるだろうな。王太子の婚約者に横恋慕した、という告白。

普通の令嬢なら、ゴミカスを見る目だろう。

目を開いたその先に、ラナにそういう目で見られる覚悟を決めるための時間。

溜息を吐く。さあ、夢の終わりだ。

「……？」

目を開く。茹《ゆ》で蛸《だこ》のような顔のラナがいる。はて……なんか思ってたのと違う……。

「……あ、え、あ……じゃ、じゃ、じゃあ……や、やっぱり、昨日の呟《つぶや》きは……！」

「昨日の呟き？」

「っ！」

茹で蛸がさらに赤く……？　いや、待て。なんだ、この状況。――俺は……。

「あ、あの、あの、えっと……そ、それってつまり、卒業パーティーの前から、って、こと？」

「そうだね」

卒業パーティー以前。むしろ学園入学以前から、ということなのだが……。

「だからリファナ嬢があの時、アレファルドの言うことを否定しなかったことに違和感を持った――が、正しいかな……。スターレットたちに婚約者たちの動向を探るよう依頼されてたから尚更。彼女らも含めてなにをしてたのかは俺には筒抜けだったし」

「！　……スターレットたちに婚約者なんていたの？」

「んんんんんん？」

なんてこと言うの～？　いるに決まってるよ～？　あいつら公爵家の跡取り息子たちだからね～？　姉や妹はいたけど、次期当主として指名されてたのは嫡男であるあいつらだったから。

「ラナ、君と同じクラスだったユニリス嬢とアヴィア嬢とスフィ嬢。……お、覚えて……」

「ないわ！」

「…………」

クラァ……と天井を仰いだ。そろそろラナが逆にクラスメイトで覚えている人が、何人いるのかどうかを確認した方が早い気がしてきた。あ、軽く頭痛。

「……。……え？　じゃあフランにも婚約者がいたんじゃないの？」

「俺はラナが好きだったから婚約話からは逃げ回ってたね」

「…………」

婚約話ね、結構多かったと言えば多かった。元々長男だし、跡取りではないにしてもディタリエール家は司法の家。味方につければ心強いことこの上ないから人気なのだ。

悪いこともしやすくなるしね。まあ、そういう下心のある奴は全員リストアップしてあるので、変な動きをすれば即取り締まる。

ディタリエール家は『法《ベイリー》』の名を守護竜『青竜アルセジオス』に与えられた家。

王家同様本来の主人は『青竜アルセジオス』であり、王家の懐刀《ふところがたな》。

だったが、ある意味では王家と対等でもあるディタリエール家は縦社会が徹底された結果、完全に王家の影として溶け込んだ。故に『司法の家』となったのだ。

まあ、要するにうちの祖先たちはあまり家が栄えることをしてこなかったってことだな。

王家としても守護竜に仕える家とか目の上のたんこぶ、面倒くさい邪魔者。

ほどよく飼い殺しがいいわけ。それに甘んじてきた結果が、今のディタリエール家である。

権威は失墜《しっつい》し、遺《のこ》されているのは『青竜の爪』のみ。

王家が守護竜『青竜アルセジオス』に牙剥《む》く時、その爪で引き裂くべし——。

王家にとっては最も恐ろしい、諸刃《もろは》の剣というやつだ。

俺は、その『青竜の爪』を大して使えなかった。なので、三男がディタリエール家を継ぐ。

才能とはそういうもの——。

そして、アレファルドに至っては『ベイリー』の意味さえ知らなさそう。まだ習ってないんだろうか？　俺とアレファルドが幼い時に引き合わされたのって、そういう意味なんだが……。

「ん？」

「…………」

ラナ、なぜまた茹で上がっているんだ？　いつから？　え？　なんで？

「そ、そんなに、前、から？　ず、ずっと、わ、私だけを……？」

「うん」

「う、う、うんって……！」

ま、ますます赤く？　か、可愛いけど、可愛いけど理由が分からない。ラナが赤い理由。

「ね、熱でもあるの？　顔赤くなってるけど」

「な、なんでそこはそうなの⁉」

「え？　え？　そ、そこはそうとは？」

「ふふふふ普通ここはわたくしの答えを聞きたがるところではなくて⁉」

キレ気味⁉　そして、答え？　なんの？　そしてなぜ令嬢モード？　あ、そんだけ動揺してるのか。いや、だからなぜ？　首を傾げてみせると腹にパンチされた。げふん。

「……答えって？　えーと、だから俺は、ラナが好きだからラナと一緒にいるのであって、君が悪役令嬢だから、利用されて一緒にいるわけではないよっていう……」

「！」

「そう言ったつもりなんだけど……というか……君は俺がクラスメイトだったことさえ覚えてなかったし」

「うっ」

「つまりは俺を認識して半年ってことだろう？　そんな奴にいきなりこんなことを言われて、気持ち悪くないの？　いくら俺が君の父親や陛下に頼まれてるからって、手を出さないとも限らないのに……」

「気持ち悪くなんて、なるわけないわ！」

「！」

……まあ、ぶっちゃけそんな度胸もないんですけれども。それはなけなしの男としての矜持《きょうじ》的なもので絶対言えないんだけれども！　お、お、俺だって男なんだぞぅっ！　……とは、言いたいというか。しかし、言うまでもなく否定されてしまった。他ならぬ、ラナに。

「あなたを気持ち悪いなんて思うわけがないでしょう⁉　そ、それどころか、あなたはカッコイイし、優しいし、優秀だし、頼りになるし、女性にモテるから、なんでわたくしなんかと一緒にいてくれるのかしら、って分からなかったのよ！　そそそれならそうともっと早く言ってくれれば、わたくしだってこんなに悩みませんでしたのに！」

「え？　えーと……ごめんなさい？」

「まったくですわ！　そんなあなたのことを利用してるわたくしマジ悪役令嬢！　って思ってたのに……！　それじゃあ事情が変わってしまいますわ！」

真っ赤になってまくし立てるラナ。またわけの分からないことを……。

「それは、つまり俺の言い分を理解したってこと……だよね？」

「……多分」

「多分では困るなぁ」

ラナは頭空っぽに見えて『悪役令嬢』のことに関してはなかなか悩みすぎるようなんだもん。君は俺を利用していない。それだけはちゃんと理解して欲しい。俺は俺の意志で君の側を選んだのだから。……っというか、これ前にしっかり伝えてないっけか？

「じゃ、じゃあ！　確認のために整理するわよ⁉　恥ずかしいことになるけど覚悟はいい⁉」

「え？　は、はい」

は、恥ずかしいことになるの⁉　確認するだけなのに⁉　どういうことなの⁉

「まず前提としてあなたはわたくしが好き！　14歳の頃からずっと！　そ、それは恋愛の意味！

これは間違いなくって⁉」

…………………。

カーーー、っと自分の顔に熱が集まるのが分かる。

な、なるほどね、恥ずかしいことになる、ね。思わず口を手で覆《おお》って顔を背けるが、確認なのだから間違いなければちゃんと「そうです」と答えなければいけないだろう。

「……そうです」

と。よ、よし、俺はちゃんと答えられたぞ。

っていうか、ラナはなんで顔真っ赤になって目を閉じて全身プルプル小刻みに震えてるの⁉

今恥ずかしい思いをしたのは俺だったのでは⁉　ラナがそんな顔しながらそんなこと言うから、
俺もめちゃくちゃ顔熱くなってきたじゃんよ⁉

「つ、次にそれを前提として、わ、わたくしは『悪役令嬢』なのでフランを利用していると思っていましたがそれこそわたくしの勘違い！　で、おおっけいい⁉」

「お、オッケー」

「フランがアレファルドを見限ったのはマジであるということに間違いは――」

「ないね」

友人としてはまだ多少の情はあるけれど。家臣としては、あいつを王とは認められない。

本来『ベイリー』の者として『王の器』でない者には最悪『処刑』の権限もあるけれど、それは当代当主である親父の仕事。

それに、アレファルドはまだ若い。いくらでもやり直しは利くはずだ。……まあ、アレファルド以外に候補もいないしね。そこは本当に悩ましいところだろう。

「じゃあ、えっと、フランは『青竜アルセジオス』に戻るつもりがないのも……」

「うんまあ、陛下と君のお父上に頼まれているし、アレファルドのところへ戻る義理もないし。ラナがこのまま『緑竜セルジジオス』にいるなら、個人的感情込みで、一緒にいるつもりだけど……それはラナの意思を聞いてからかな。君が俺と、仮初《かりそ》めの夫婦生活が嫌なら、俺は牧場を出て近くに家でも建ててそっちに住むよ」

「！」

どうする、とつけ加えて聞いてみた。

正念場だ。さっきはああ言ってくれたが、やっぱり不安はつきまとうだろう。離れて暮らすというのも監視してる感が増すような気がするので、距離のことは要相談だなぁ。

「…………。そうね、嫌だわ」

「……そっか。それじゃあ……」

……だよね。こんな、いつ裏切るかも分からない軽薄な男が側にいるのは……嫌だよね。

半年──短かったけど、幸せだった。夢のようで、いつもいつ死ぬんだろうと──……。

「仮初めの夫婦という関係は……わたくしも嫌です」

「……え？」

「フ、フランはいいの？　そ、そんなに前からわたくしのことを想っていてくれたのに、こんな偽りみたいな関係で。わ、わたくしは……わたくしだって、フランが嫌でないのなら……！」

「……え、そ、それは……えっと……」

真っ赤なラナ。赤く熟《う》れすぎて、目には涙まで浮かんでいる。

対して俺は……情報処理に手一杯。仮初めの夫婦という、関係が嫌。

偽りではなく、そうでない関係というのは……。

「とはいえわたくしも男性とおおおおおつき合いらしいおつき合いはしたことがありませんのでこここここ恋人から始めて頂いてもよろしいかしらーーーーー!?」

「は、はい!?」

――おつき合いすることになりました。

俺明日目覚めないんじゃ……っというか、今夜眠れる気がしない。

3章　子どもたち

長いといえば長いが、短いといえば短かった。叶うはずのないものだと思っていたものが、あの日以来転がり落ちるように手の中に入ってくる。

そんな奇跡はいつまでも続かないだろうと、心の中で達観した自分が訴え続けていた。

そんなことは分かっている、と答え続けて――半年。

「おは、おはよう」

「お、おはよう」

昨日の夜は案の定一切眠れなかった。廊下を隔てて隣の部屋にラナがいると思うと、昨夜の自分の行動は人に見せられない感じだっただろう。

1階に降りるとラナが食事の準備を始めており、手伝いを申し出ると真っ赤な顔でブンブンものすごい勢いで首を左右に振られる。

「いいいぃいいいの！　わ、わわわわたくしがやるの！」

「は、はい、そ、そうですか、出すぎた真似を……」

「そ、そういうんではないですわ！　きょ、きょきょ、今日はわたくしの新メニューを披露《ひろう》する日なのですわ！」

「え、そ、そうだっけ？　い、いや、そ、そうなの？　じゃ、じゃあ……えーと……か、か、家畜たちの世話に行ってきます」

「はい！　行ってらっしゃいませ！」

家を出る。

最近は、早く起きて時間に余裕があれば朝食作りを一緒にやっていたわけなんだが……。

玄関を出てすぐの踊り場でしゃがみ込み、頭を抱えた。

いや、まあ、なんとなくこんなことになるのではないかと、お、思っていましたけれど。

俺はおかしくなる気はしてた。し、しかしまさかラナまで様子がおかしいことになるとは思わなかった。顔がずーっと熱いし、そのせいか気温も高い気がするし……あ、まだ季節的に夏だから、暑いのは当たり前か……。

「はあ……」

なんにせよ、ガッチガッチで変な空気。これならまだ1カ月前の方が穏やかだった。

畜舎へ移動して家畜たちを放牧場へ出し、畜舎隣の犬小屋から出てきたシュシュが元気よく放牧場を駆け回る。ルーシィに水と干し草を与えて、首を撫でつつ額を押し当てた。

「ひん」

「おはようルーシィ。んん、いや、ラナとね……その、今更だけど……恋人になれたよ」

「ふぅぅん」

ようやくか、と言われた気がする。

それと、今日から『赤竜三島ヘルディオス』から来た子どもを引き取る話をしておく。

子どもたちにはもちろん、事前にうちの動物に悪さしないように、言い含めておくつもりだけど、ルーシィはうちの家畜たちのボスでもあるので、話を通しておけば家畜たちも子どもたちをすんなり受け入れてくれるだろう。

「フゥブルルル……」

「え、いいのか？　……そうか。ああ、そうだな」

顎《あご》を撫でる。ルーシィも一応、竜馬《りゅうば》の血筋だ。ロリアナ姫の竜馬のように翼を開く力は持たないが、力も持久力も知恵も寿命も頑丈さも、普通の馬の数十倍ある。

その──『加護なし』の子はルーシィに任せよう。竜馬には『聖なる輝き』を持つ者ほどではないが、多少守護竜の加護に近い力があるというから。

ちらりと見上げれば『アタシ、そんなに竜馬としての力はないから、ちゃんとその子の力になれるか分からないけどね』と不安そう。

それでもルーシィは種族の隔たりなく子どもは好きなので、その『加護なし』の子の世話を買って出てくれたのだ。

効果のほどは分からない。未知数だ。だがなにもしないよりはなにか試した方がいいだろう。

「ブルゥ……」

「ん？　そ、そう？」

「フーンッス！」

そうか？　俺は変わっただろうか？　ルーシィの言うように、多少は前向きになっている？

そりゃ、前ほど生活が仕事中心ではないしな。夜は眠れているし、日々のご飯は美味しい。

空気は綺麗だし、怒鳴るお偉いさんたちもいない。

弟たちの騒がしい声がなくなったのは少し寂しくもあるが、その代わりラナの声が毎日賑やかに響いている。彼女の存在は、潤いだ。

「……そうだなぁ、俺もそう思うよ」

全部彼女のおかげだ。間違いない。

「ぶるぅ！」

「あ、はい。戻るよ」

ルーシィに催促されて家に戻ることにした。ラナが新メニューの試作品を食べさせてくれるみたいだし、今日は子どもたちを迎えに行く日だしな！

◆◇◆◇◆

と、いうわけで朝食のあとは『エクシの町』にやってきた。

昨日は手紙でいっぱいいっぱいだったもんなぁ、ラナ。なぜか最初からドヤ顔と腰に手をあてがっての臨戦態勢。これは、もしや子どもに舐《な》められないための——虚勢……!?

はあ、なんなの？　今日もラナの可愛いが仕事のしすぎだ。可愛すぎて頭が痛い。

……正直、ただ令嬢モードになればいいと思う。

「ハァーイ、おはよう2人とモ！　さ、上に来テ。子どもたちを紹介するワ」

待ってました！　……あ、いや、こほん。

べ、別に小さな子と触れ合って弟たち元気かなっていう思いをごまかしたいとかではない。

断じてそんなんではない。

「♪」

(フランすごい嬉しそう……昨日私と両想いになった時よりもウキウキしてない？　……いや、嬉しいの種類が違うってことくらい分かるけど……しかし、んむぅ～……解せぬ！)

(ユーフランちゃん生粋《きっすい》の子ども好きネ……エラーナちゃんを見てると分かるわァ……。絶対

言えないけどォ〜〜）

俺を見ながらラナとレグルスがそんなことを考えているとは露知らず。

自分が他人から見ても分かりやすく浮かれていると、気づいてもいないわけで。

2階、3階と階段を登り、一番奥の広い部屋に案内される。本来の用途は物置らしい。

そこを片づけて、7人の子どもが寝られるようにしたそうだ。

クラナに促されて1列に並ばされる子どもたちは皆、赤茶髪や赤目、ピンク髪と……見事にこの国では嫌がられる色ばかり。

「みんな、紹介するね。新しいお家ができるまでお世話になるお家の人たちよ。エラーナお姉ちゃんとユーフランお兄ちゃん」

お兄ちゃん……。懐かしい響きだな。

「えっと、では子どもたちを紹介します。まずは、ファーラ、ご挨拶《あいさつ》して」

「……ファーラです、はじめまして」

ファーラ、10歳の女の子。金髪、茶目。この子が『加護なし』。

俯いていて元気がない。見た目は普通の女の子だな？

「シータルだ！」

「シータル、はじめましては？」

「はじめましてー」

シータル、10歳の男の子。赤毛、赤目。頬に大きな傷がある。クラナが「ほっぺの傷は木から落ちた時に……」とどこか恥ずかしそうに補足説明してくれた。どうやら虐待などを受けたわけではないようで安心した……けど、これはなかなかのやんちゃ坊主だな？

「この子はシータルと特に仲がいい、アルです」

「アルだ！　9歳！　はっじめまっしてぇー」

アル、9歳の男の子。赤茶の短髪、紫目。こちらもかなりやんちゃそうだ。

そばかすが大量にあり、にやにや笑っているのが気になる。

「はじめまして！　クオンです！　お世話になります！」

クオン、9歳の女の子。濃いめのピンク髪、緑目。挨拶も完璧だし活発で気が強そう。

目元がラナに似ていて……いや、ラナよりもつり上がってるかな？

ふざけてちょっかいを出す、隣のアルを容赦《ようしゃ》なく引っ叩《ぱた》いたので第一印象は正しいっぽい。

「次はあなたよ、アメリー。ほら、なんて言うか、昨日教えたでしょう？」

「あ、うん。あの、アメリー……、アメリーはアメリー……6歳で、ルーナの花の蜜が好き」

「そ、それは言わなくていいのよ！」

アメリー、6歳の女の子。赤混じりの紫髪、赤目。

やや舌ったらずだな。体も歳の割には小さいような？　ルーナの花って朝に花弁から蜜が滴《したた》る野草では……い、いや、深く突っ込むまい。

「ニータン、あなたの番よ」

「えー、うーん、まあ、よろしくー」

「こら！　ちゃんとご挨拶しなさい！」

ニータン、8歳の男の子。赤みが強めな茶髪、茶目。気怠《けだる》そうにして、こちらを一切見ないが、こちらに悟られない程度に不機嫌そうにしているのを見てなるほど、と思う。

この子、男子にしては――いや、シータルとアルに比べて精神的に大人だな。

「そして、わたし、クラナです。よろしくお願いします」

「あなた子ども？」

と、ラナが問う。あはは、と乾いた笑い。確かに16歳のクラナは子どもとは言い難いかもな。しかし、成人というわけでもない。『緑竜セルジジオス』も成人年齢は18歳からだし。

「ラナ、一応未成年だから」

「あ、そうか。それもそうね。それに、私の名前もエラーナ――親しい人に呼ばれる愛称は『ラナ』なの。あなたの名前と似てるわね？」

「！　あ、ほ、本当です……」

「うふふ！　なんだか妹ができたみたいで嬉しいわ。なんでも頼りなさい！　あ、なんなら『姉さん』と呼んでもいいわよ！」

「……あ、ありがとうございます……」

一瞬驚いて、それからクラナは口に手を当ててジワリと涙ぐんだ。

……クラナよ、ラナはレグルスがよく「レグルスオネェサンよーン！」って言ってるのを内心羨ましく思っていたに違いないので感動する必要は多分ない。

まあ、知らない土地でここまで言ってくれる同年代の女性がいるのは心強いだろう。

「さて、挨拶も済んだことだし、牧場の方へ移動しまショ」

「ああ、そうだな」

その提案を口にする前、レグルスが一瞬、笑顔を曇らせた。その時の目線の先は階段。

階段の方には——今はもう人の気配はない。でも数秒前にはこちらを確認して上り下りしていく従業員の姿は見かけたので——ふーん……これは、従業員に苦言でも食らってるのかな？

髪と目の色が赤系というだけでなかなかキツいこと言われるからなぁ、この国。

なので、まあ……早く移動させたいわけね……。

「なあなあ！」

「あん？」

声をかけてきたのはやはりシータル。その後ろにはアル。2人ともにやにやしている。

「隣のブスはアンタの嫁なんだ――」

ふっ、と笑ってから言い終わるより早くシータルの脳天をげんこつで殴る。

こう、ナメた口利くガキ相手は最初が肝心なのだ、最初が。男子は特に。

「ぐっぅーーー！」

「うっわ」

「人の嫁をブス呼ばわりするなよ？」

笑顔で言うのがコツだ。胸ぐらを掴んで持ち上げ、目線を合わせてから下ろす。そうするととりあえず呆気《あっけ》にとられて黙り込む。後ろを半笑いでついてきたアルにも同じように笑いかけると、口許《くちもと》をひくつかせて固まる。よしよし、牧場に着くまでは大人しくしてろよ。

「……男の子、扱い慣れてるわネ」

「お、弟が5人いるって言ってたわ……」

「そ、そんなにいるノォ!?」

ニータンは必要ない。あいつはシータルとアルよりも分析能力が高いのだろう。

周りの状況判断をあの歳できちんとできている。

俺に逆らってもいいことなどないと弁《わきま》えているのだ。

とはいえ、まだ自分や『家族』にとって有益な存在かどうかの判断を下せないでいる。

そこまでの情報が揃っていないからだ。口許が勝手に笑みを浮かべる。

ああ、なんとも賢くて男の子やってんねぇ。三男のクールガンを思い出す。

「あ、あたしはおねーさんのこと、すごく綺麗で美人だと思うわよ！　あんな奴の言うこと、気にすることないわ！」

「え、あ、ありがとう、クオン」

女の子は総じて男子よりも大人だ。

すかさずフォローを入れてくるクオンは、ファーラよりも大人びている印象。

まあ、ファーラの場合は『加護なし』だと分かって間もないから、今はそれに落ち込んでいるだけかもしれないけど。本来はどんな性格なのだろう？

とりあえず、この子たちにはある程度の教育は必要だ。

全員を馬車に乗せ、レグルスとラナ、クラナと引き続き今後の話を進める。

それを横で聞いている子どもたちのなんと大人しいことか。

クラナが時折「お、大人しすぎて怖い……」と呟くほど。

だが30分ほどで牧場に到着してから、馬車を降りると真っ先にシータルとアルは復活する。

「おおおぉ！　本当に牧場だぁ！」

「すっげー！　ひっれぇぇ！」

「よし、小僧どもは早速仕事だ。牧場の周りに危険な生き物がいないかを、うちの番犬シュシュと共に探索、確認してこい。もし危険な生き物がいたら即、俺に報告するように！」

「「！」」

「え、あ、あの」

驚いたクラナ。だがなんの心配もいらない。シュシュ、と敷地内へ叫ぶと3秒で駆けつける我が家の番犬。まあ、足が速いかと言われるとまだ子犬のコーギーなので、だが。

「この辺最近マジで獣が出るらしいから、あまり森の方には行くなよ」

「分かった！」

「任せろ！　行こうぜアル！　シュシュ！」

「うん！」

「ワン！　ワンワン‼」

ええええぇ、とクオンが不満そうな声を上げる。だが、これでいいのだ。

あんな怪獣どもの相手を真面目にしていてはこっちが疲れる。適材適所。

「さて、ファーラはルーシィを厩舎《きゅうしゃ》に連れていくのを手伝ってくれ。ラナはニータンとアメリーとクオンを部屋に案内して、昼食の準備よろしく」

「！　ええ、分かったわ。クラナ、厨房の使い方を説明したいし、一緒に来てくれる？　うちの厨房はすごいのよ！　フランが珍しい竜石道具を色々作ってくれるからね〜」

「は、はい、分かりました」

「やーねー、敬語なんかいらないわよ！　お姉様とお呼び！」

「えっ」

……それはなんか違うと思うんですが……。

「アラァ、じゃあアタシはユーフランちゃんが作り溜めているであろう竜石核の品質を確認させてもらおうかしラァ〜」

「くっ……。さ、作業小屋、いつもの場所にあるよ」

「ウフフ、了解ヨ」

ほい、と鍵を放り投げる。まったくちゃっかりしてるよ、さすが。

「ファーラ」

声をかける。かなり戸惑った様子。しかし、手を差し伸ばした。それに目を見開く少女。

「……あたし、加護なし……」

「それがなに？」

「……」

見た目は普通の子どもだ。彼女の方から触れないのなら、俺の方から手を繋ごう。

雨の日の、迷子になった森の中。不安と、獣に襲われる恐怖の中で差し伸ばされた手は温かく心強かったな、と思い出した。ああ、懐かしい。

「さあ、行くよ」

「！」

「働かざる者食うべからず」

「……」

手を繋ぐ。ただそれだけのことだ。


「こうして鞍《くら》を取ったら、布で綺麗にして」

「う、うん」

警戒心が強いらしい、ファーラ。ん？　俺が胡散《うさん》臭いから？　やかましいよ。

言われた通り取り外した鞍を布で拭くので、あのやんちゃ坊主コンビほど手はかからなさそう。と、いうのが第一印象だ。

ズボンのポケットから未使用の竜石を取り出して、確認のためルーシィを振り返る。いつでもいける、と頷かれた。さすが、頼もしい相棒だぜ。

「ファーラ、君が『加護なし』だと知ったのはいつだ？」

「え……」

「いつ？」

なぜそんなことを聞くんだ。そう言わんばかりの表情だったので、目を細めて改めて聞き直す。俺が怖い人間かもしれない、と最初にレグルスの商会で印象づけてあるので、ファーラはすぐに「この国のお医者さんに……」と答える。

やはりメリンナ先生診断で、か。そうだよなぁ、『赤竜三島ヘルディオス』では竜石道具がなくて分からなかっただろう、って話だったから。

「そうか。じゃあ次」

「？」

「君が生きづらいのは分かった。次に『加護なし』がどんなものなのかを調べよう。どうして調べなきゃいけないか、分かる？」

「え？　……エ？　な、なんで？」

「君が生きるためだ」

『赤竜三島ヘルディオス』で『加護なし』と分かれば殺されかねない。

『青竜アルセジオス』でも『加護なし』は貴族平民関係なく迫害対象だろう。

『黒竜ブラクジリオス』は分からないが、隣国がそんな様子では似たようなものかもしれない。

そして、この国『緑竜セルジジオス』も。

だが、この子……髪の色は綺麗な金髪なんだよな……。

『青竜アルセジオス』より『黄竜メシレジンス』の方が幸せになれるかもしれない。

『黄竜メシレジンス』は文字通り『黄色』が幸運の色とされている。

この世界で金髪は少ない。俺もリファナ嬢とファーラ以外、『黄竜メシレジンス』の王子しか見たことがないので本当にレアな髪色だろう。

……うん、『黄竜メシレジンス』の王子のことは忘れよう。あの人のことを思い出しても、いいことなどなに1つない。マジまったくない。

せいぜい「隣国にあんな厄介な王子がいるのに、アレファルドはよくあんなままだったな」と……いや、待て、そういえばアレファルドとリファナ嬢が遊学中、『緑竜セルジジオス』に来るのが1週間も遅れたとか言ってたな？　まさか、クラーク王子に絡まれて？

あ、ありえる……あの性癖《せいへき》が歪《ゆが》んだ王子はアレファルドのモノにはなんでも手を出すから……！　リファナ嬢も絡まれて大変だっただろうなぁ……。

「……あ、あの……？」

「！　ああ、ごめんね、ちょっと余計な心配してた。えーと、じゃあちょっとコレ持ってみて」

「？」

ファーラの手に持たせたのはさっきの小型竜石。

彼女の手に載《の》せられた瞬間、石はほんのりと保っていた淡い緑の光を真っ黒に変えた。

その光景に怯えた表情になり、オロオロするが俺は「なんだ」と期待外れに溜息を漏らす。

「割れるとか、砕け飛ぶとか期待してたんだけどなぁ」

「!?」

「使えなくなるだけかぁ……なぁんだ」

「!?　……ェ……あ、あの……」

「ああ、ごめんね。……多分竜石道具が使えないだけみたいだな。それなら普通に生活する分には問題ないだろう。ほら、俺の手に戻ったら、竜石の色も元に戻っただろう？」

「！　ハ、ハイ……」

ファーラから俺の手に戻った小型竜石は、淡い緑色の光を取り戻していた。

つまり、『加護なし』の効果とは『加護なし』が触れている間しかその効果が現れない、非常に限定的なものなのだ。小型竜石は砕けるわけでも竜力の受信ができなくなるわけでもない。

「つまり君の——『加護なし』の力は竜石道具が使えない程度ってこと。拍子抜けだなぁ……ちょっとどんなことが起きるのかワクワクしてたんだけど」

「………エ……」

俺が半笑いで目を逸らし、そんなことを言うからファーラは右往左往している。

この国に来て『加護なし』と言い渡された時はきっとショックで眠れなかっただろう。

それでなくとも『緑竜セルジジオス』の人は『赤竜三島ヘルディオス』から来た髪や目の赤い子どもたちを差別的な目で見ていた。

それに加えて守護竜の加護を与えられない『加護なし』の自分がいたら、みんなにも迷惑がかかる。生きた心地はしなかっただろうな。けど、俺がこう言えばその意識はきっと変わる。

「『加護なし』って大したことないんだな」

大した問題ではないのだと。

君はほんの少しだけ他人と違うだけの……普通の女の子だと意識を植えつけ直す。

「…………」

思った通り目を見開いて固まったファーラ。ぐしゅ、と顔が歪む。

袖《そで》で涙を拭ったあと、こくんと頷いてくれた。

「さ、ご飯に遅れるからそろそろ戻ろう。ああ、そうだ。この馬はルーシィっていうんだ。その辺の馬より賢いから、なにか悲しいことがあったらルーシィに相談するといい。君より少しだけお姉さんだから、なんでも相談に乗ってくれる」

「ブルルルルル」

「！　……あ、ありがとう……」

……お礼が言えるならもう大丈夫かな。

ルーシィを撫でて、ファーラにも馬の撫で方を教えて、それから家に帰る。自宅の玄関扉を開けようとした時、馬車がアーチに入ってきた。2人乗りの小さな馬車だ。

降りてきたのは女性1人、少女1人。

「ヨォ、ユーフラン坊」

「酒クサ……」

げんなりする……。

酒——うん、飲んでみたいとは思うよ……飲める年齢になったんだもん。一度は飲んでみたいと思うさ。だが、そう思うタイミングでこの女性を見ると「やっぱりいいかな」と思う。

緑の長い髪をポニーテールにした俺よりやや年上の女性。とても医者とは思えないアウトドアな軽装。そして、片手に酒瓶《さかびん》。

「メリンナ先生なんか用」

『エクシの町』の薬師にして医者、メリンナ。

豪快で医者というよりは海賊か盗賊の女頭領のような性格。

まあ、クーロウさんを見るとあの町の人っぽいと言えば、それっぽい。

しかし、一応この人も元々は王都の人だったような……？

「まあ、ご挨拶だわ！　メリンナ先生がわざわざ！　こんな辺境に足を運んだというのに！

もっと丁重《ていちょう》に出迎えられないのかしら！」

そしてその横にいるキンキン声、眼鏡の小むすめ……少女はアイリン。王都からメリンナ先生の評判を聞きつけてやってきた、14歳と非常に歳若い彼女の弟子だ。

そばかすと縮れたダークグレーの髪がコンプレックス。それを治す薬を探し求め、メリンナ先生のもとにたどり着いたんだそうだ。興味もないのにベラベラ話してくれたのだが、とにかく面倒くさい感じに絡んでくるので俺はあまり得意なタイプではない。向こうも俺の悪口ばかり言うので、嫌いなら構わなければいいのにと会う度に思う。

「それで？　奥様とはいかがですの？」

令嬢教育でも受けているんだろうか。たまに変な言葉遣いにはなるが、アイリンは比較的丁《てい》寧《ねい》な話し方をする。とはいえ、なぜそんなことを君に話さなければいけない。

わざわざ牧場──いや、君に言わせると辺境──まで来て聞くことがそれか？

「いや、まずそっちの用件を聞きたいんだけど」

「ああ、そりゃあもちろんアイリンがアンタに会いたがって……」

「し、師匠おおおぉっ！」

「……っていうのは冗談だけど……『加護なし』の子がいただろう？　えーとなんだっけ？」

「し、しっかりしてください師匠！　昨日レグルスさんに、その子の体調に変化があった時の対処法を教えてやって欲しいと頼まれたんですわよ！」

「ああそうだそうだ！　『赤竜三島ヘルディオス』産のサボテン酒と交換で！」

「し、師匠それは言わなくていいんですわ！」

「…………」

高いんだか安いんだかよく分からない酒だなぁ。しかし、なるほど。レグルスの依頼か。

「それで朝からお酒飲んで寝坊して遅刻してきたと」

「……なぜ分かったのかしらん？」

「ぶりっ子でごまかせると？」

「ちょっとはノってこいよぅ」

絡み方が『黄竜メシレジンス』のクラーク王子みたいで苦手なんだよなぁ……。

なんにしても用件は分かった。――あとは……。

「あらァ？　メリンナ先生じゃなぁいン。今日は来ないと思ってたわヨ～」

「サボテン酒！」

「ネェ第一声がそれってマズくなぁいン？　メリンナ先生の方こそ酒抜きの薬毎日飲んだ方がいいんじゃないのかしラ」

「バッカねぇ！　そんなの毎回飲んでたらやってらんないでしょー！　医者なんて！」

……そういうもんなのかね？　ま、呼んだのがレグルスなら対応はレグルスに任せよう。

もちろんファーラの体調のことは俺たちも聞いておかないといけないけれど。

「とりあえず家の中にどう……」

どうぞ、と来客を家に迎えるつもりだった。

森の方から「ぎゃあああああー！」という悲鳴が聞こえてこなければ。

「ヤダ！　なんの声!?」

「蛇《へび》でも出たのかな」

「イヤ～ン!?　アタシ蛇は苦手よォ～～！」

レグルスのそのナリで言われても説得力ないよね～。あとくねくね気持ち悪。

「ちょっと見てくる。ファーラ、お客さんを家の中にご案内して」

「は、は、ははは い！」

とりあえずお客はファーラに任せてみる。

玄関まで来て案内ができないなんてことはないだろうし、これで自分がしばらくここを家とする意識が芽生えるだろう。おもてなしをする側なのだ、と。

不安げでも、しっかり3人を「こ、ここ、です！」と玄関を開けて招く姿に、レグルスが笑みをこぼして頭を撫でている。うん、任せて良さそう。

さて、この悲鳴は『青竜アルセジオス』側の森の方だ。あんまり行きたくないんだよなぁ、こっちの方。なんでって、そりゃ『青竜アルセジオス』側なので。

「ん？」

シュシュの唸《うな》り声と激しい吠え声。そしてやんちゃ坊主が2人、木の陰に隠れてしゃがんでいる。頭を覆い、ガタガタと震える姿は異様だ。

「！」

これは——やんちゃ坊主2人から少し離れた場所に人の足跡。しかもまだ新しい。俺のものより大きい靴跡や、同じくらいの靴跡。いや、これは……兵の靴底だな。

盗賊や獣は多いけど、この国家所属の兵士は初めてだ。1つ、ブーツのような踵の高い靴跡を見つけた。指揮しているのは……兵ではないな。

「ふふ」

分かりやすい。

「シュシュ」

「ワン！」

名前を呼ぶとたったか駆けてくる。うーん、いい子。撫で撫でしてやろう。

俺の姿にやんちゃ坊主2人はハッと顔を上げて、半泣きになりながら立ち上がって近づいてきた。まだ抱きつく勇気はないようだけど、森の奥を指差しながら「変な奴がいっぱいいた！」と叫ぶ。やっぱりね。

「鎧《よろい》着てた奴らだろう？」

「知ってんの⁉」

「近くに貴族みたいに偉そうにしてる奴いなかった？」

「いた！　背高くて黒髪の奴！」

カーズか。意外だなぁ、スターレットとは相性も良くないし仲悪いと思ってたんだけど。

……いや、ニックスが焚《た》きつけたか？

脳筋のカーズはスターレットとはあまりいい関係ではない。……まあ、さすがに王太子のアレファルドには一目置いてるみたいだけど。

ニックスはカーズとスターレットのその微妙な関係につけ込んで、恋敵であり政敵になりうる2人を同時に失脚させようと画策してる、ってところか。

ん、これもアレファルドに報告だな。友情出演だし、アレファルドの采配次第では、アレファルドが恋敵を３人まとめて失脚させられるいい機会だ。

一応アレファルドの助言は役に立ったし、そのお礼ってことで今回はタダにしてあげよう。恋に夢中になった３馬鹿を活かすも殺すもアレファルド次第。

やらかしたスターレットは己の失態隠しになぜか協力的なカーズを派遣。その裏ではニックスが糸を引いている。あるいは……スターレットがそうなるように誘導していたりして。

ふふふ、まあ、なんにしても俺には関係ないし、あとはお前の仕事なので頑張ってくれアレファルド。頭の痛い問題だろうが、それを上手く刈り取ってこその『王』だ。

君の成長を願っているよー。

「じゃあ、帰ろうか」

「「ええ!?」」

「えぇって、昼ご飯の時間だぞ。いらないのか？」

「「え……」」

聞くと、２人は空腹を思い出したのか腹をグゥ、と鳴らす。そしてばつが悪そうに顔を見合わせてから「あ、あいつらほっといていいのか」と聞いてきた。

もちろん、近所にいるのは物騒な連中なので、近いうちお帰り頂くさ。

「まあ……大丈夫。否が応でも帰ることになるよ」

とだけ答える。不思議そうにする2人の背中を押して自宅へと歩き出す。

スターレットは頭がいいはずなのに、なんでこんなにアホやらかすんだろうなぁ。

きっと高すぎる自尊心が己の失態とか、そういうのを許さないんだろうけど。

それで周りに迷惑をかける時点でダメなんだよなぁ。

「で？　なんか面白いものは見つけた？」

「え？　あ！　うん！　あのなあのな！　あっちに温泉湧《わ》いてるんだよ！」

「そうそう！　あとで入りに来てもいい!?」

「…………。ん？　温泉？」

◆◇◆◇◆

「温泉!?　うちの近くに温泉があったの!?」

「あったらしいよ。あとで見に行かない？」

人数が増えたことで自宅は手狭になり、食事は店舗1階で食べることにした。

やんちゃ坊主どもとクオンのバトルにファーラが参戦したことにより、案の定騒がしい食卓。

貴族の食事でここまで騒がしいことはないので、なんか新鮮。

ここにワズが加わったら面白そうだな……今度誘おう。

「アラァ！　温泉があるだなんて素敵じゃなぁイ！　これはひと儲けできるわよォ〜〜！」

「んもぅ、レグルスはすぐそれなんだからぁ……」

んん？　アメリーはフォークやスプーンを使った食べ方が分からないのか？　ぼーっとしてスープを覗き込んでいるな。

やんちゃ坊主組VSクオンにクラナが半泣きになっているので、放置されてるのか。他の子たちは普通に食べられているみたいだし、メリンナ先生は相変わらずお酒飲んでるし……。

「アメリー」

「！」

「っ！」

こっちにおいで、と手を伸ばした時。ラナと手の甲がぶつかった。痛くはない。とても些細なものだ。だが、カッ、と顔が熱くなる。

昨日のこととか、昨夜1人ベッドの上で身悶《みもだ》えてたこととか色々思い出して、うあああぁぁ〜ってなった。

「ひゃ！　ごごごごめんなさいフフフゥフラン！」

「あ！　えーと、うん！　俺ちょっと！　み、水を足してくる！　水瓶《みずがめ》に！」

「あぁぁぁそそそそうだったわねぇ！　そういえば足りなくなってたんだったわぁぁぁ！」

「「「…………」」」

う、うん、分かる。その場の全員が押し黙る意味はもちろん分かりますとも。

トン、と手の甲が触れた。ただそれだけだったのだ。

でも、でも、こう、なんか、ふわっとした肌とか温もりとか……む、無理無理無理無理。

玄関を出て井戸まで行って、とりあえず深ーく溜息を吐く。

や、やわ、やわら、柔らかかっ……！　い！　いやいや、落ち着け、ただ手の甲が触れただけだぞ！　いいいい今のはさすがに不自然すぎたし、ふふふふ夫婦ということになっているのにふしぜんすぎたし！　そう、ふ、不自然すぎたし！　ん？　な、なに言ってるんだ？

ヤバい、落ち着け、今はとにかく落ち着くんだ。深呼吸をしよう。

そうだ、せっかく森の中の牧場にいるのだから、息を大きく吸って〜、吐いて〜、吸って〜

……………うん、こ、これで大丈夫、多分落ち着いている。はず……。

「……なんで井戸にいるんだっけ？」

なにか言って出てきた気がするけど、なんで井戸だったかな。ヤバい、なに口走ってたか分からない。と、とりあえず水を汲んでいこうか。というか1回顔を洗おう。そうだ、それがいい。顔を洗えばスッキリしてなにか思い出すかも……いや、思い出さない方がいい！

心臓が保たない気がする！

「ん？」

ガラガラとまた馬車の音？　…………。あ、そういえば今日午後からカールレート兄さんとおじ様とクーロウさんと……あとなんだっけ、とりあえず誰か来るって言ってたな。

まずい、頭が上手く働かない。顔熱いし、やっぱ顔洗おう。

「あ、おーい！　ユーフランー！」

井戸の水を汲んで顔を洗い、その時「あ、タオル忘れた」と我に返る。……俺ちょっと本気でまずくないか？

仕方なく袖で拭っていると、アーチの下まで来た馬車からカールレート兄さんが手を振って降りてくる。

「？　なにしてるんだ？」

「いや、ちょっと頭が混乱して」

「お前が？　珍しいな？」

「……つーか、なんの用？」

「なんの用って、親父が……」

「……あ、ああ……」

察した。

クーロウさんは、施設の設計図を当人たちにも確認して説明する責任があるから分かる。

だが、おじ様は完全にこの国に来たばかりの子どもたちを心配して様子を見に来たな？

昨日めちゃくちゃ心配してたもんなぁ……。

「あと、ダージスだっけ？　彼と彼にくっついてカルンネって人も来てる」

「いや、そいつらは本気でなんで来たの？」

「ダージスは相談があるとかで、だな。まだこの国に亡命するかどうかを決めかねてるんだろう。同郷のお前の意見を聞きたいんだと思うぞ。カルンネって人はあれだろう、畑のことだろうな。収穫期は手伝わせるんだろう？」

「あー……」

そういえばそういう話も出てたっけなぁ。

とはいえ、子どもたちが来たから畑仕事の手伝いは間に合いそう。やんちゃ坊主どももも上手い具合に躾けていけば素直ないい子になることだろうし。

だが、カルンネさんは元々農家の人。いくらこれまで肥料で無事実ってきていたとはいえ、それは『緑竜セルジジオス』の特性にも救われているが故だろう。

農業に関しては本で読み齧《かじ》った知識だけのど素人だし、本職の人に色々教わった方がいいかもしれないなぁ。

「んん？　ユーフラン！　なにをしておる！」

と、騒がしく現れたのはおじ様。エールレートやクーロウさん、ダージスたちも降りてきた。なんかまた大所帯になってきたな。

「ああ、ちょっと頭がぼんやりしたから水で顔を洗ってた。……今店舗の方で飯食ってたんだけど、おじ様たち食事は？」

「食ってきたわい‼」

なぜそこまで大声で主張なさるのか。耳がキーンとなったぁ……。

「？　馬車が他にも停まっているが、誰か来ているのか？」

「ああ、レグルスとメリンナ先生とその弟子の子ね」

「薬草探しか？」

そわそわするおじ様をエールレートが宥《なだ》めつつ、カルンネさんやクーロウさんに挨拶して店舗の方に歩き出す。その間、カールレート兄さんと話していたのだが……。

「メ、メリンナが来ているのか？　ガ、ガキどもの具合でも悪いのか⁉」

「気候の差による体調不良を心配して来てくれたんだよ。『赤竜三島ヘルディオス』はものすごく暑いから。……これから秋、冬の気温を思うとなにか対策考えておいた方がいいかもね」

「な、なるほどそうだな。対策……」

おじ様……防寒に関しては相談してもいいかもなぁ。普通にお金出してくれそう〜。

って、ん？　おじ様の目線が放牧場の方に留まった。

視線を追うと、柵の側でドヤ顔しているジンギスの姿――！

「よし、ユーフラン！　羊を贈ってやる！　しっかり世話しろよ！」

「とりあえず番《つがい》になる1頭だけでいいです。足りなければ町で買うから」

「む！　そうか！」

この勢いだと厩舎に入るだけ羊を寄越しそうじゃん。さすがにそんなに世話しきれないよ。

「まったく……初孫を喜ぶじいさんかよ……」

「そういえばカールレート兄さん、結婚適齢期すぎてない？」

孫といえばだよ。と、カールレート兄さんを見たらゆっくり顔を青くしながら目を背ける。

エールレートが半泣きになりながら「そ、その話題は触れないであげて……！」と。

ふ、触れてはいけない話題だったのか。なんかごめん？

「兄さんが学生の時、王都の学園に留学してきた『紫竜ディバルディオス』の『竜の愛し子』が、兄さんの元婚約者殿を連れていっちゃったんだよ……」

「…………すごいごめん」

こっそりと教えてもらったその事情に、頭痛がした。

清い心、特別な魂《たましい》の輝き――その『聖なる輝き』において『守護竜の愛し子』と評される
わけなのだが――そういえば『紫竜ディバルディオス』の『聖なる輝き』を持つ者はその規格
外の輝きとやらで、色々各所で問題を起こしていたな。

なんか「聖なる輝きは愛し、愛されるほど強くなる！」と持論を語って、他人の婚約者だろ
うがなんだろうが気に入ったらハーレムに加えてしまう。困ったことに、まるでそれを肯定す
るかのように『紫竜ディバルディオス』の守護竜の加護は年々増しているそうだ。

『紫竜ディバルディオス』の守護竜の加護は『知識』。

その土地に暮らす者へ『錬金術』の力を与える。石は水に、鉄くずは金に。

どの国よりも錬金科学とやらが発達していて、竜石道具が少ない不思議な国だ。

なんでも、竜石道具に使われる竜力を錬金術に使用するからなんだってさ。

他の国の守護竜の竜力ではできないらしい。

「で、ダージスはなにしに来たって？」

「え、いや、その、学校？　なんとなくいづらくて」

「………………」

はっ倒すぞ。

「とりあえず入って」

カルンネさんにはあとで農業に関する話を聞くとして、ダージスのことは考えるのも面倒だから放置でいいか。

まずはおじ様に子どもたちを紹介して、クーロウさんにクラナを紹介して——。

「ただいま。ラナ、お客さん連れてきた」

「は、は？　どういうこと？　あ、ドゥルトーニルのおじ様！」

「う、うむ、様子を見に来てやったぞ」

スゲェカッコつけ。

窓際で食事していた子どもたちを見るなり、眉を顰《ひそ》めはするけれど……それはこの子らの髪色や目の色に対するもの。そしてドゥルトーニルのおじ様の天邪鬼《あまのじゃく》ぶりが発揮される。

「なんだその汚い食い方は！　テーブルマナーも知らんのか⁉」

「⁉」

「ユーフラン！　テーブルマナーは教えておらんのか⁉　さっさと教え込め！　これではただの恥知らずどもではないか！」

訳：元気に食事しているようでよろしい。だが、食が進んでいない子がいるようだ。この国の食事は食べづらいか？　それとも口に合わないだろうか？　テーブルもずいぶん汚しているが、この国ではこの国の食事作法というものがある。ユーフラン、子どもたちにきちんと食べ方を教えてやるように。以上。

「はいはい、分かってますよ。大丈夫ですよ、ラナの料理は美味《うま》いから」

「フ、フラン……」

ばち、とラナと目が合う。なんか、キ、キラキラしてない？　え？　なに？　よ、喜んでる？

ラナの料理は美味しいって、ただ本当のことを言っただけなのに？

「「………」」

「アラァ、さっきは何事かと思ったケド～……2人の世界になるのは平気そうネェ」

「フン！　それで、体調が芳《かんば》しくないというのはどの子どもだ!?　メリンナ！　お前が診に来たのだろう？　来て早々に野たれ死なれては困る！　さっさと治せよ！」

訳：体調不良の子がいると聞いたが大丈夫か？　つらくはないのか？　横にならなくて平気か？　メリンナ、ちゃんと診てやっているか？　引き続き気遣ってやってくれ。故郷を追われてすぐにこの国で亡くなるのはなんとも忍びない……。

——ってところかな？　もー、このおっさんほんと面倒くさいね。

「ふふふ、ええ、大丈夫ですわ。ちゃんと診てますから」

「！」

……へぇ、メリンナ先生はおじ様の本心がちゃんと聞こえる人なんだな。相変わらず食事に手をつけずにお酒飲んでるけど。そしてラナに「ところでエラーナちゃーん、昼間は牧場カフェ、夜は牧場バーとかどーぉ？」とか持ちかけている。

なんだ牧場バーって。聞いたことないわ。

「そんで？　施設の代表者は？」

クーロウさんが１歩前に出る。

あ、『クーロウさん＋店舗』で思い出した。ラナがクーロウさんに「プリンも好きならアイスも好きなんじゃないかしら？」って言ってたんだっけ。

デザートで出す予定だし、ラナに目配せすると「ああ！」と思い出したように頷く。

そして「今美味しいの持ってくるので座ってて」とおじ様たちを別の席へ促す。

まあ、立ちっぱなしも悪いしね。

「…………？」

だが、事件はすでに起きていた。ラナを手伝おうと立ち上がったクラナ。

お酒を呷《あお》るメリンナ先生。と、それを止めるアイリンは気づいていないが、レグルスは気づいている。俺も目に入ってしまった。全体を見渡す位置に来て、ようやくだ。

いつからそうだったかは分からない。しかし——！

ダージスの赤い顔と潤んだ目がクラナに。

「「…………っ」」

カルンネさんの熱のこもった眼差しはメリンナ先生に釘づけ。

え、嘘でしょ？　誰か嘘だと言って。カールレート兄さん、エールレートよ、気づいてて「あーあ」みたいな顔してないで主にカルンネさんには「あいつはやめておけ」くらい言って。

「ユ、ユ！　ユーフラン！」

「ちょっと待って落ち着け。初めましての人もいるし自己紹介タイムを設けよう」

面倒ごとに巻き込まれたくないので。

移動動物園を前にした幼児みたいなダージスの顔が真横に近づけられたので、全力で押しのける。勢い余ってすっ転んでるが無視した。

「そ、そ、それもそうだな！　あ、あの、俺はダージス・クォール・デスト！　ア、『青竜アルセジオス』の伯爵家貴族なんだ！　き、きききき君の名前を聞いてもいい？」

と、食い気味でダージスが話しかけたのはクラナだ。

首を傾げながらも、人当たりのよい笑みで「クラナと申します。この子たちの保護者代わりをしています」と当たり障りのない自己紹介を行う。完全に頬が赤くなり目がキラキラと無駄に輝くダージスに、その意味がどこまで理解できているのやら。

確かにクラナは美少女だろうが、落ちるの早すぎではないだろうか？

つーか、ダージスは『青竜アルセジオス』に帰れるなら帰りたい派だったのでは？

「あ、あ、あ、あの！　お、俺はカルンネといいます！」

「？　あたしはメリンナ。『エクシの町』で医者兼薬師をしてる。具合が悪くなったら訪ねてくるといい。こっちは弟子の」

「わたくしはアイリンですわ。珍しい薬草を見つけたら教えてください」

「よろしくお願いします！　メリンナ先生！」

……カルンネさん、よりにもよってメリンナ先生狙い？

絶対やめておいた方がいいと思うんだけどな。あーあ、無視されたアイリンが負のオーラを。

「ちなみに診察料は酒だから」

「ふ、普通にお金です！」

「さ、酒ですか？　……じゃあ、学校の畑に葡萄畑を作ります！」

「ちょっとコラ！」

なんか暴走を始めたカルンネさんに、ようやく突っ込んだのはカールレート兄さん。

だが、ここで思わぬ人物が声を上げた。ついでに手も上げている。

「はい！　お米を探しましょう！」

「「「コメ？」」」

そう、ラナね。い、いきなりなんの話……。

「にほ、ンンン！　お酒を作るのよ！　以前家にあった本で読んだんです。お米という穀物に『麹《こうじ》』を混ぜて発酵《はっこう》させると作れるお酒ですわ！　……かなり手間と時間のかかるお酒だったように思いますが……」

ちら、とラナがカルンネさんを見る。

その眼差しは、まるで「あなたの覚悟はどんなもの？」と聞いているような感じ。

そしてその挑発に、カルンネさんは簡単に……乗る。

「もちろんやり遂げますよ！　珍しいお酒なんですね？　メリンナ先生に是非《ぜひ》飲んでもらいたいです！」

「本当かい!?」

ごっつ嬉しそうな飲んべえ医師。……だが、材料の穀物そのものが珍しいのにそんな安請け合いしていいのか？

「レグルス」

「ええ、イイわヨ。お酒はアタシも興味あるワ。美味いお酒は守護竜『赤竜ヘルディオス』と守護竜『黒竜ブラクジリオス』の好物とも言われているから、『赤竜三島ヘルディオス』と『黒竜ブラクジリオス』では最高品質の珍しいお酒は高額で取引されるモノ～」

レグルスが釣れた。釣れてしまった。

これは、またラナの悪い癖……『作ると決めたらなにがなんでも作る』が発動しそう。

あんまり無理しないで欲しいんだけどな。夢中になると飲食も寝るのも忘れて没頭するんだから……。ん？　ブーメラン？　はて、なんのこと？

「お、おいユーフラン！　お、お前これからあの子……ク、クラナ嬢とも同じ屋根の下なのか!?」

語弊《ごへい》。

「そうだけど、クラナは子どもたちと同じ部屋で寝るからな」

「くっ！　なんでお前ばっかり……！」

なんか変な嫉妬《しっと》され始めた。

「決めたぞ、ユーフラン。俺はこの国に残る。残って……クラナ嬢と結婚する！」

「…………。そう。頑張れ」

知らんがな。

と、まあ、そんなこんなでクラナたちも交えて施設の話し合いをするテーブル。

ただし、やんちゃ坊主たちは数分でそれに飽きたので、クラナ以外には「動物たちを厩舎に戻す」仕事を与えた。シュシュの助けがあっても慣れないと大変だろう。

思う存分苦戦して時間を潰してこい。

そしてメリンナ先生により、ファーラを筆頭に環境変化で具合が悪くなった時の対処法講座。

大人と子どもでは対処が違う症状が色々ある、という……のは、分かったのだが……。

「う、美しい……」

「ありがとう。さっきも聞いたけどね。……ねえ、エラーナちゃん、ちょっと聞きたいんだけど……『青竜アルセジオス』の人ってみんなこうなのかい？」

「そうですね、比較的……」

と、答えるのはラナである。メリンナ先生の隣を陣取って、瞳をキラキラさせながらそう呟くカルンネさんを指しての言葉だ。しかし、ラナは俺を一度見て、それから視線をメリンナ先生に戻して「フランを見ても分かる通り」とつけ加える。

はあ？　俺は他国の文化も多少弁えてるから、あんなあからさまに褒めたりしないけど？

「「あぁ……」」

「待って。なんでみんな納得してるの」

「えーと、そのー、『青竜アルセジオス』には、『紳士は淑女を褒めるのが礼儀』という文化があるんです」

ラナが説明する。

そして、ラナはこの『青竜アルセジオス』の文化について「溺愛《できあい》ものだから、ヒロインが褒めちぎられる世界なのよ」と頬を膨らませていた。

俺には言っている意味があまり分からなかったけど、つまり……『青竜アルセジオス』の文化、風習はこの世界が『恋愛小説』だから、と言いたいようだ。

ヒロイン——リファナ嬢は逆ハーレムという世界設定で、高い地位の男たちにちやほや褒めちぎられる日々。それが『溺愛』のジャンルというものなんだってさー。

確かに思い返しても、アレファルドたちによるリファナ嬢への扱いは、そう呼ぶに相応《ふさわ》しいものだろう。……まあ、周りから見ると『贔屓《ひいき》』以外のなんでもないのだが……。

しかし、彼女が『聖なる輝き』を持つ者である以上贔屓はされて然るべきだし、地位の高い奴らが彼女をちやほやしてご機嫌取りするのも、無理からぬこと。

予想外だったのは、その『ご機嫌取り』が『本気』になってしまった点。

恐ろしい限りだよ、ほんと。

「なるほどねぇ。それでユーフランはうちのアイリンに……」

「？」

「フンッ!!」

なぜかアイリンに顔を真っ赤にして睨まれる。くっくっ、と酒を呷りながら笑うメリンナ先生。そして、目を逸らすラナ。

一体なんなんだ。ラナはメリンナ先生が含んだ言い方をする理由を知ってるのか?

「お酒に関してはまず『コメ』ネ。探してみるワ」

「ええ、よろしくねレグルス」

「じゃあ次ネ。学校の授業に関してだけど、開校は10月になるワ。教師も生徒も集まったし、ユーフランちゃんは講師として週3回通ってちょうだイ」

「あ、ああ、うん」

「授業内容は他の常勤講師たちが決めてくれたんだ」

と、エールレートが紙の束を渡してくる。ええ、これ全部確認するの? めんどくせー。

「ア! そうだワ、2人とも今月の『狩猟祭』はもちろん参加するわよネェ?」

「『狩猟祭』?」

首を傾げるラナが今日も可愛い。この世界の平和が凝縮されているようだ……。

……あ、違う。えーと、なんの話だっけ?

「『狩猟祭』……それって、収穫前にボアを狩るやつ、だっけ?」

「そうヨ。収穫前に畑を荒らすボアをやっつけておくノ。でもただ狩るだけじゃ面白くないから『狩猟祭』として、一番大きな獲物を狩った人に金一封が贈られるようになったのヨ！」

「「き、金一封！」」

それは美味しい！

子どもたちの迎え入れ準備でかなり出費したし、店舗の代金まだ残ってるし！

「まあ、去年から始まった祭りなんで、猟友会の奴ら以外には浸透してないんだがな」

「そうなんですね！　でも、金一封は是非私たちも欲しいところ！　これは参加するしかないでしょう！」

「うんうん。狩りはそれなりに得意だし、金一封と聞いたからには参加しないわけにはいかないね。……もちろん俺が参加するのでラナは参加しないでください」

「なんで⁉」

「淑女がボアを狩るとかおかしいでしょ」

「そうなの？」

「そうなの」

なんだその絶妙な常識外れ！　貴族令嬢が狩りとか聞いたことない。

少なくとも『青竜アルセジオス』にその文化はありません。

「ウフフ、とても元貴族とは思えないやる気満々具合ネェ～！　イイわヨ、イイわヨ～」

なるほど？

メリンナ先生曰く、浸透していない理由はそのあとにすぐ大市や『肉加工祭』が開催されるから。町の人たちは猟友会の働きに感謝はするが、彼らが競い合ったところで自分たちには関係ない。賞金は羨ましいが、猟銃の扱いやボアやベアと遭遇《そうぐう》する危険性を思うとおいそれと参加できるものではないのだそうだ。まあ、その通りだけど。

だが、俺はアレファルドたちの代わりに獣を狩るのも解体するのも幾度となくやってきている。躊躇《ちゅうちょ》する理由もないので参加決定。早々に猟銃は購入しなければ。

「じゃあ参加の方向で話を進めておくぞ？」

「ああ、うんいいよ」

主催はクーロウさんのようだ。カールレート兄さんが紙にメモをしてエールレートに渡し、エールレートからクーロウさんにそのメモが渡る。

俺が『狩猟祭』に参加することを忘れないようにするためだろう。

うんうん、頷いてからエールレートが戻ってきて、次の話題に移ろうとした時だ。

「おう！　狩猟で思い出した。ユーフラン、オメェ、まだ猟銃を買ってねぇんだったな？　これから買いに行くぞ」

「は？　急にどうして？」

クーロウさんが立ち上がって近づいてきた。しかも今から猟銃を買いに行くと言い出す。

待って待って、意味が分からない。確かに『狩猟祭』とやらに参加するつもりだけど、今から猟銃を買いに行くのが条件だとでも!?

「実は東の森から5メートル近いクローベアが1頭迷い込んできたみたいでなぁ。この間追っ払ったんだが、あまりのでかさに仕留めるまでいかなかった」

「5メートル!?」

しかもクローベア！

クローベア——手と爪が異様に発達した、最大のベア種。だが5メートル近いのはさすがに規格外の部類だろう。仕留め損なうのも無理ない、けど……。

「この辺りをうろついているかもしれん。護身用に持っておいた方がいいだろう」

「っ、そ、そう……そういうことなら確かに急いで買ってきた方がいいね」

「イヤだわン。クローベアって大きい種類のベアよネェ？　ココ、畑も家畜も多いから寄ってくるんじゃあないノ〜？」

「対策した方がいいかしら？」

レグルスの言葉にラナが心配そうになる。まあ、そんなのがうろついているかもしれないと思えばそんな顔にもなるけど、対策としてできることは柵を増やすくらいだろう。

クローベアの腕と爪には秒で壊されるけど、ないよりはマシ。

手が大きい分、他のベア種より手先が不器用で扉を開けるとか器用な真似はできない。

……まあ、その分ぶっ壊すのは大の得意なのだが。

5メートルにもなるクローベアが相手では猟銃の1発2発では倒せない。

これはちょっと、万が一のことを考えて色々他の対策や準備もしておいた方がいいな。

「じゃあ、ちょっと席を外すね？」

「ええ、いってらっしゃい。気をつけてね？　フラン……」

「ああ、まあ、街道では遇わないと思うから」

心配してもらえるのは嬉しいけど、そのクローベアは人間に一度追い払われているようだし
……多分自ら進んで襲ってはこないだろう。

ベア種は賢い。一度負けた相手に挑みかかったりはしないはずだ。

ただ、それは『人間に対して』であって畑の作物――最悪なのは畜舎の動物たちには当てはまらない。こっちとしてはそっちの方がダメージ大きいんだよな。もちろん、精神的な面の。

「そうヨ、早く帰ってきなさいヨ。可愛い新妻が不安になっちゃうでショ」

などとレグルスが茶化してくる。

む、むう……なんとなくムカつくけど、ラナが不安そうなのは本当のことだし。

「分かってる、猟銃を買ったらすぐ帰ってくるよ……」

「…………っ」

とりあえず少しだけでも安心して欲しい。ラナが待ってるならすごい急いで帰ってくるし。

そういう意味合いを込めて笑いかける。

肩が跳ね、目が見開かれた。それは、伝わったという意味で受け取っていいのかな？

「よし、じゃあさっさと行ってさっさと帰ってくるぞ」

「はーい」


クーロウさんと町に行くに至り、俺はルーシィを放牧場から連れてくる。

……おチビたち？　ああ、食後はばっちりサボってかくれんぼに興じているな。

シュシュもいるし家の近くから離れていないようだから、まあ、いいだろう。

ルーシィには『午前中も働いたのにまた～？』みたいな顔をされたが今度は馬車じゃない。

鞍や手綱《たづな》を取りつけてアーチの下まで行く。

その辺りでようやく『あら、久しぶりに2人きり？』みたいな目で見られた。

クーロウさんとクーロウさんの乗る馬は無視。まあ、確かに最近馬車を引かせたりが多かったから、ルーシィに俺が乗るのは久しぶりになるかなぁ？

「いつも思うがいい馬だな」

「んー、まあ……一応竜馬の血を引いてるから」

「なんだと？　じゃあ飛ぶのか？」

「いや、そこまで血は濃くない。遠縁に竜馬がいるらしいよ。でもやっぱり普通の馬よりは頑丈だし運動量も必要かな」

「ヒィン！」

「そ、そうか……さすがは元貴族だな」

分かった分かった、あと賢くて美人ね。はいはい、知ってるから頭をもぐもぐするな。

……まあ、恐らくだが三男のクールガンには竜馬が贈られるだろう。

俺がルーシィをもらったのが15の誕生日。『竜馬』でなかったことで「ああ、俺はこの家の跡取りじゃないんだな」とはっきり自覚したものだ。

別にがっかりはしなかったし、元々跡取りとかめんどくせーって思ってたから、すんなり受け入れられた。今はもらった馬がルーシィで良かったと思ってる。

「んじゃあさっさと行くか」

「ほいよー」

馬車で30分の道だが、それは馬車の場合。馬単体が走って移動すると15分近く時短となる。クーロウさんの馬もかなりいい馬だ。ルーシィにほとんど遅れを取らなかった。

……若干……、若干ルーシィに色目使ってる感があるのが気になるけど。

「おう、ハーサスいるか？」

「ん？　おお、クーロウさんじゃあねぇか。いらっしゃ……って、なんだ？　その赤毛の兄ちゃんは？」

……はあ……またか。俺の髪色を見るなり、顔をしかめる。この町の一部の人——主にこういうおっさんのあるある反応。しかし、まだクーロウさんが一緒だったのでマシなのかも。

カウンターに近づきながら「国境沿いの牧場主だ。クローベアが出ただろう？」と事情を説明してくれる。この町の取締役が直々に説明してくれたおかげで、店のおっさんは少し態度を軟化させた。

2人が話している間に店の中を少し眺める。いろんな種類の銃が飾ってあるが、どれも機能性重視。当たり前だが、貴族のように無駄に飾った猟銃などは1つも置いていない。

カウンターの中にある棚は銃の付属品。弾のサイズや種類。手入れに必要なグッズ。あとは、持ち運び用のケース。

「なるほど。ああ、そういうことならこれなんかどうだ？」

取り出してきたのはスラッグ弾専用散弾銃。

一応元貴族なので銃は扱ったことがあるだろうとこれを持ってきたらしい。

スラッグ弾専用散弾銃は、散弾銃なのに弾は1発ずつしか出ないやつ。

ライフル？　ライフルはガチプロしか持てないよ。長距離の獲物を狩るのには向いてるけど、本当に長距離まで弾が飛びすぎるから外すととっても危ない。

それにしても、猟銃などの技術の進歩には驚かされるな。

銃の発祥は『紫竜ディバルディオス』。大昔、侵略戦争があった時代に開発され、大戦中故に瞬く間に大陸中に広まり、各国で競い合うように様々な種類が開発された。――猟銃として使われているのはその名残だ。

「対クローベアにはちぃと威力は足らんかもしれんが、空気銃よりは幾分マシだろう。初心者でクローベアとやり合うっつーのは、その時点で無謀だが……最悪の場合を考えてわしが薦《すす》めるんならコレだな」

「そうですか……」

まあ、妥当だろうと俺も思う。スラッグ弾専用の中でも自動装填《そうてん》式。弾詰まりを起こせば致命的だが、整備はしっかりされているし新品だから今のところその心配はないだろう。

クローベアの時速は40キロ前後というし、そんなの相手にもたもた弾込めしている時間もない。まあ、噂になっているのは5メートル。さすがに普通のサイズよりはやや遅めかもしれないけど……それでもその体格のヤツを1発で仕留めるのは困難だろう。

弾1箱と、子どもがいるなら触られないようにと鍵つきのケースも買うことにした。

「あれ、他にも剣やナイフまで売ってるんだ？」

「この辺にゃあ滅多に来ないが、たまに流れの冒険者が来るからな」

「冒険者……」

冒険者……などと呼ばれてはいるけれど、要するに旅人だ。

ただ普通の旅人より戦闘慣れしており、そのほとんどは賞金首を狩ったり、用心棒などで路銀を稼いでいる。

「冒険者ね……」

……そして、彼らは『消えた加護なし』であるという噂がある。

本当かどうかは知らない。俺は冒険者に会ったこともないし。ただ、確かに『加護なし』は1つの場所に留まるのが困難だろうな、とは思う。そう考えるとファーラのことをこの先どう守っていくのかは、俺が考えているよりも難しい問題なような気もする。

だが、ドゥルトーニルのおじ様やクーロウさんは『自分の見ていないところで起こる迫害』の心配をしていた。裏を返せば2人の目の届くところでの迫害は絶対に許さないということだ。

『赤い色』が忌避されるこの国で、俺の髪と目の色が疎まれてしまうのは仕方がない。

慣れつつあるので顔をしかめられるのも別にいい。話すと普通に対応してくれるしね。

だからそれは、本当におじ様とクーロウさんの人徳、為政者《いせいしゃ》としての統治手腕の結果。

この町以外、この領地以外──『加護なし』の生きづらい場所は、そういう理解者がいないということ。ファーラは、この領地以外には……もう出すべきではないだろう。

女の子が冒険者なんて絶対無理だろうしな。

「ああ、そうだ。ハーサス、『狩猟祭』にはこいつも参加するからな」

「お！　マジか！」

え、なんか急にテンション上がった？

一瞬で瞳を輝かせ、満面の笑みを浮かべるハーサスさん。

カウンターを両手で叩き、ズズィ、と身を乗り出す。

「そいつぁいい！　若い奴が1人も参加してくれなくて困ってたんだ！」

「は、はぁ」

「最近の若い奴は『銃なんかおっかなくて触れないよぉ〜』とか甘ったるいことばっか言いやがる！　そうかそうか、兄ちゃんは『狩猟祭』に参加してくれるのか！　はっはっはっ！　そいじゃあこれからもよろしくな！　銃のことならなんでも相談しろ！」

「……ありがとうございます」

まぁ、あと、この国の人のこーゆーノリは本当……なんつーか、ファーラにも生きやすいと思うし……うん。

「銃はいいぞ」

……多分、若い人が参加しないって……そういうとこだと思うよ……。

「さて、それじゃあ牧場に帰るか」

「あ、クーロウさん！　ちょうどいいところで！」

「アン？　おお、ディディー」

「こんにちは」

「あら！　牧場の！　こんにちは！」

ハーサスさんの店を出たら途端に肉屋のおばちゃんに声をかけられた。

このおばちゃんも最初は俺の容姿に眉を寄せていたが、保存用にかなりハムやソーセージを買い込むので今はすっかり『お得意様』として認識されている。そして、牧場の人ってことでも認識されているらしい。……複雑だなぁ。

「『肉加工祭』と大市のことで相談したいことがあるのよ～」

「お、おお。そういやぁ、そっちの件もあったな。……うーむ……」

「あ、俺先に帰ります。クーロウさん、今日はもしかして」

「あ、ああ、悪ぃな。来月は大市と『肉加工祭』があるからよ」

「分かりました～」

確か『狩猟祭』が今月末。大市と『肉加工祭』が来月の頭。

来月末には『収穫祭』もあったはず。

大市は行商人やいろんな町の商会が関わって行われる、言わばこの国全土で同時に行われる超大々的市場。月市場は1カ月に一度大通りでも行われるが、大市はその比ではない。この国にある商会の9割が参加する、まさに祭りだ。

そして『肉加工祭』は『狩猟祭』で狩った野生動物を、保存の利くハムやソーセージなどに加工する祭り。これのどこが祭りになるのかは、俺も初参加だし『青竜アルセジオス』にはなかったからよく分からない。

ああ、『青竜アルセジオス』には『魚肉祭り』ならあった。文字通り魚肉を冬の保存食に加工する祭りだよ。多分そんな感じなんだろうな、とは思う。

あと、ついでに『青竜アルセジオス』の『魚肉祭り』は普通に食肉用の家畜も捌《さば》かれていたので、『緑竜セルジジオス』の『肉加工祭』は魚肉ないバージョン、野生動物ありバージョンなのかな、と勝手に思ってる。

『収穫祭』は言わずもがな。その年に収穫されたすべての収穫物に感謝して、来年の豊作を願う祭り。なんかこの町では超巨大ピザを焼くらしい。『エンジュの町』ではソーセージとビール。

まあ、各町でそのように祝い方には特徴があるそうだ。

カールレート兄さんには「ビール飲み放題だぞ！　へへへ！　ユーフランも『収穫祭』は『エンジュの町』の方に参加しないか⁉」と誘われたのだが、最初に飲むお酒はラナと相談して決めたいので返事は保留にしている。

……そういえば、11月はラナの誕生日があるな。今年はなにを贈ろうか。

「…………………あ」

ヤバい。どうしよう。ラナは多分……知らない。

これ、知られたらやっぱりドン引きされるんじゃない……？

アレファルドとラナの婚約が決まった8歳の時から、アレファルドの代わりに俺が選んでアレファルド名義で贈っていたことを――‼

だってアレファルドが面倒くさがるから！　そんなアレファルドを見かねて、陛下に頼まれたら断れないじゃん⁉　……出会う前からそんなことしてたと知られたら……さ、さすがに気持ち悪がられそうじゃないか？

「…………」

思わず空を見上げた。うん、この件は……さすがに気持ち悪いよ、なぁ……。

ま、まあいい。

誕生日ケーキは俺が作る。ケーキのレシピはラナのお菓子作りを手伝って覚えたから。

プレゼントは――「お酒を飲むのはどう？」って、提案してみよう。

もしお酒を飲むのを了承してもらえたら、誕生日プレゼントはグラスがいい――かな。

そ、その、こ、恋人っぽくペアの……とか、ど、どうだろう？

うっ、い、いや！　そういうのはちゃんと本人に嫌じゃないか確認してからの方がいいよな？

いらないものとかプレゼントされても嫌がるだろう！

これまでは王家のお金だったたし、他国の珍しいお菓子とか装飾品を贈っていた。

だが今は無理。金銭的にも時間的にも。

レグルスに発注するのも、プレゼントするものを決めたあとじゃなきゃ。

「ヒン！」

「あ、ああ、悪い。いや、ほら、ラナって11月誕生日だっただろう？　今年は関係性も変わったし、なにを贈ったらいいか考えてて……」

「ブルルルルゥ……」

「え？　う、うーん、まあ、そうなんだけど……」

俺が贈りたいと思ってるもの、使って欲しいと思っているもの、かぁ。

確かにルーシィの言う通りかもしれないな。

これまではアレファルドの名義で贈っていたから、『青竜アルセジオス』王家の権威も考えなければならなかった。だが、今はそのしがらみはない。

俺が……ラナに贈りたいと思っているもの、かぁ。

なら、やはり一緒にお酒を飲めるグラスがいい、かな？

想像すると顔が熱くなってむちゃくちゃ恥ずかしいんだが……。

「ブルゥ！」

「わ、分かった、分かってる。帰ろう」

はいはい、この件は11月になるまでなんとか考えるよ。今日は急いで帰るって言っちゃったしね。さっさと帰りましょー。

「ヒン！」

ルーシィ、なんだか微妙に機嫌悪いな？　なんかあった？　そんなに買い物に時間かけてないと思うんだけど。……さっきクーロウさんの馬に色目使われたのが気に障ったのか？

でも、ルーシィもそろそろお婿さんをお迎えしてもいいのでは……。いや、そんなこと言ったら『なに色ボケしてるのよ』って言われそうなので黙っておこう。しかし……。

「変だな」

なんだろう、牧場に近づけば近づくほど、空気がどこか生温かい。残暑という意味合いではなく、気配的な意味で。えーと、そうだな……ピリッと来る。

ルーシィがその気配を敏感に察して、煽《あお》られるようにスピードを上げていく。

門代わりのアーチを潜ると、ノンストップで畑を横切り川の方へと駆け抜ける。

それは『青竜アルセジオス』側から見て川向こうの森。

やんちゃ坊主たちが『大勢の人間と偉そうな人間』を見た場所。

俺よりもルーシィの方がこの空気に苛立って興奮しているようだ。

ブルルルル、と口を震わせ、一直線にそこへと駆けつける。

なにがどういうわけであんなことになってるのか知らないが、俺の視力でも木々の間から、ラナとファーラが『大勢の人間と偉そうな人間』に追い詰められているのが確認できた。

槍《やり》を構える『青竜アルセジオス』兵の姿にちょっとムッとしてしまうのは仕方がないと思う。

そしてかなり久しぶりに加護――『竜の爪』を使ってしまったので力の加減をやや間違えた。

ルーシィが茂みにジャンプする。その瞬間に顕現《けんげん》させた右手側の『竜爪《りゅうそう》』が、兵士と木々を薙《な》ぎ払う。うん、ちょっとやりすぎたー。

「っ！」

「なっ⁉」

ドッ、とルーシィが華麗に着地する。かなりの衝撃だが、腰を浮かせていたのでお尻の被害は最小限で済む。30人くらいいた兵士たちの被害は……俺の尻の比ではないけれど。

いやあ、だいぶえぐれてしまったな～、地面。それとうっかり兵士20人くらい、5、6本の木と一緒に吹っ飛ばしちゃったよ。

手加減はかろうじてできたから、死んではいないんじゃない？　多分。

「……お、お前は……ユ、ユーフラン⁉　なんだ、それは！」

鎧の兵士に囲まれて、貴族らしいジャケット姿が1人見えたが――やはりカーズだった。

カーズ・ルッスルール・ロージス。その周りには王国兵。

けれど、腕章はルッスルール公爵家のものだから公爵家の私兵隊か。

ルッスルール公爵は王国軍総帥《そうすい》。軍部のトップ。

とはいえ、軍の中に私兵隊を作るのはいかがなものだろうね？

その上それを息子が使うのも、他国の市民を襲うのも普通に戦争のキッカケになりかねないんだけど。馬鹿だ馬鹿だと思ってたけど、ここまで馬鹿とは恐れ入る。

「コレ？　……驚いたなー……本当にお前も俺のことを誰からも教わっていないの？」

「……どっ、ど、どういうことだ！」

ラナとファーラも驚いて目を見開いていた。

尻餅《しりもち》をつくカーズはいいけど、２人に見られたのはちょっとショック。

これから怖がられるかな？　はあ、短い恋人生活だった……。

ルーシィから降りて、右肩から浮かぶ白く細長い爪を親指で指す。

「これのこと。その様子だとラナも聞いてないんだね」

「!?　え、あ……」

「まあ、ラナはなぁ……聞いてなくても分かるんだけど……。カーズが知らないってことはやっぱりアレファルドもまだ教わってないのか〜」

「なんの話だ！　それはなんだ！　それに、その右眼は！」

立ち上がったカーズが指差すのは俺が今指差した……『竜爪』。

仕方ないなぁ……まあ、兵たちは半分ほど吹っ飛ばした時に気絶してるみたいだからいいか。

「なにって、『竜石眼《りゅうせきがん》』と『竜爪』だよ。『ベイリー』の家の者は建国当時からアルセジオス王家と対をなす『影』の部分として法を司《つかさど》ってきた。それは王家が過《あやま》ちを犯さないように見張るため。それ以前の王家は戦争ばかりしていたから」

「……！」

「俺がアレファルドにつけられたのは、もちろんアレファルドの『影』として護衛や『お使い』

が主な理由。俺は『ベイリー家』を継ぐには才能がなかったから。……今後王家を見張る『ベイリー家』は俺の弟、三男のクールガンが継ぐ。アイツは俺より強い。『ベイリー家』が守護竜『青竜アルセジオス』より与えられた竜爪を宿す『竜石眼』──クールガンには、それが両眼に現れたからね。しかも歴代でもなかなかに見ない〝左右3爪ずつ〟……計6爪。俺の倍ね」

空中に浮かぶ『竜爪』はベイリー家の血筋に与えられた加護『竜の爪』。

『竜爪』は、それを宿す『竜石眼』を使うことで現れる。

『竜石眼』はその名の通り『竜石』の力を持つ目玉のこと。

『竜の爪』──簡単に言えば俺の体が『道具』で、『竜石眼』という『竜石核』を用いて使用する竜石道具みたいなもんである。

ちなみに初代様とやらは〝左右5爪ずつ〟だったそう。怖いねぇ。

「……な、んだ、それは……！　そ、そんな話、聞いたことが……！」

「うん、だから……まあ、ラナはね……4大公爵家の中でも内政に関わる家だから、聞かされてないのも無理はないんだけど……」

領地を治める他の3公爵の子息で、アレファルドの『友人』たちがこれではアレファルド自身も陛下に聞かされていないんだろうなぁ。だよなぁ……いくら俺が跡取りではないとはいえ、『竜爪』持ちを他国に追い出すのだから。

……とはいえだ。この『竜石眼』も竜石と同じようなもので、『青竜アルセジオス』から出ると使えなくなる。実際『緑竜セルジジオス』の王都『ハルジオン』で『竜爪』を出せるか試してみたところ出なかった。つまり、多分だけど他国に『ベイリー家』のように『竜爪』の加護を与えられた家が存在するんだろう。どこもその家のことは秘匿《ひとく》している。

表に出したくない、と思うのは仕方ない。他の竜石道具より物騒だし、怖いし、俺もちょっと久しぶりに使ったら威力出すぎて引いたし。

「守護竜に直接加護を与えられた家だと⁉　お前の家が⁉　嘘だ！　ただの廃《すた》れた伯爵家のはずだろう！　なんでお前みたいな適当で使えない奴がそんな力を持っている！　卑怯《ひきょう》だぞ！」

「欲しいならあげるけど。『緑竜セルジジオス』では使えないし」

「！」

「ただしお前の右目と交換ね。俺も目が見えないのは困る。それに、お前の目に入れても家の加護がないから使えないと思うよ。あと、俺の『竜爪』を得てもクールガンには敵わないぞー。さっきも言った通り、うちの弟の『竜爪』は6つだから」

「…………っ」

『竜爪』の発動条件は『ベイリー家に与えられた加護』を持つ者であることと、場所がアルセジオスの加護が届く範囲――つまり『青竜アルセジオス』国内のみ。カーズには使えない。

そして2つ目の条件……この辺りは『緑竜セルジジオス』、『青竜アルセジオス』、『黒竜ブラクジリオス』の3カ国が隣接しているので、質のいい中型竜石以上は多分使えるんじゃないかな。ってことで見事に発動したな。

多分『聖なる輝き』を持つリファナ嬢の存在のおかげもある。

まあ、やっぱり結構集中しないとダメだけど。

「フランが、『竜爪使い』……!? ク、クールガンってフランの弟だったの……!?」

「？ そうだけど……ラナ知ってたの？」

「し、知ってたけど、は、初めて知ったというか！」

……小説のストーリーとかかな？ 俺は登場しないって言ってたけど、クールガンは登場するの？ ほぉーーーん？ その話あとで詳しく聞かせて頂こう。

「くそっ！」

「あ、待った」

「ぎゃあああああっ！」

竜爪は自由に動かせるので、逃げ去ろうとしたカーズの前に放り投げて突き刺す。

なに勝手に帰ろうとしてるの、部下を放置して。

邪魔だから全部連れて帰ってくれないと困るってば。あと——……。

「なに普通に帰ろうとしてるの？　人の奥さんと預かってる子どもに槍なんか向けちゃって……ちゃんと見えてたからね」

「ブルルルォオォ！」

「ほら、ルーシィもカンカンじゃん。踏み殺されたくなければ、なんでこんなことしたのか洗いざらい吐いて」

「…………」

俺も怒ってるけど地団駄《じだんだ》を何度も踏んでいるルーシィの怒り具合がやばい。

これはアレだ……『男どもがか弱い女子に寄ってたかって武器を向けるとはなにごとなのよ！　ふざけてんじゃあないわよ！　蹴り殺したあと踏み殺すわよ！』——って感じかな。

うん、ルーシィの体重で踏みつけられたら、人間なんて余裕でぺしゃんこ……いやビシャッ……かな。効果音が生々しいか？

「くっ、そ、それは……そこの女が、リファナを害そうとしていると聞いて！」

「誰に？」

「スターレットだ！　奴の情報網から、この毒婦がリファナを殺す毒薬を、この辺りの毒草を用いて作っているから、その前に手を打つ必要がある、と……！」

「ふむふむ。続けて」

「……？　その試作品で、人を操る薬を開発したその毒婦が、『竜の遠吠え』に紛れて『ダガン村』の者たちを攫《さら》い、毒薬作りを無理やり手伝わせていて……」

「うんうん。続けて」

「だ、だから、俺は私兵隊を連れてここまで……、……」

「…………」

「…………違うのかよ？」

ラナはそこまで薬草には詳しくない。なぜか畑を耕したり、芋《いも》に詳しかったりはするけれど。

薬草関係はメリンナ先生の右に出る者はいない。弟子のアイリンは別枠。というか、カーズ……「違うのかよ？」、なんて恐る恐る確認してくる理性が戻ってきてなにより。

「まあ、すんなり騙《だま》されているようで俺としては片腹痛い」

『片腹痛い』は強調。かなり強調。

実際噴き出さず、腹を抱えて指差して笑い転げなかった俺を誰か褒めるべき。

「なっ！　だ、騙されているだと！　俺が!?」

「あったり前でしょうが！」

「っ！」

なんか『ブチィ！』とか聞こえた気がするけど気のせいかな？　気のせいであって欲しいな。

頭痛。……ああ、ラナも顔が令嬢としてアウトなレベルで歪んでしまっている。

スカートで見えないがドッスンドッスンとガニ股で歩いてきているのはなんとなく……察した。そのご令嬢らしからぬ動き。なんか見てはいけないものを見た気持ちになる形相。

いや、怖……なにあれ怖……。

「なんで！　わたくしがあんな頭お花畑娘のために！　そこまでの労力を使わなくてはいけませんの！」

おお、令嬢モード切れ気味バージョン。これは怖い。

尻餅つきっぱなしのカーズも顔がポカンとなってる。俺なら怯えて土下座しちゃうな〜。

「なにがどうしてそんな話になるのか！　毒殺するなら先月『緑竜セルジジオス』に遊学で遅刻して来た時にやっていますわ！　あーんなアホ王子と頭お花畑娘を暗殺するのなんか、たやすかったですから！　でもそんなことしませんわよ！　わたくしになーーーんの利もありませんし、一銭にもならないのですから！」

……イッセンってなに。流れ的にお金かな？　うん、だとしてもお金になるならやってた、みたいな言い方しちゃダメです、ラナさん……。

「なにより、あんなダブルでアホなバカップルにはもう二度と関わりたくありませんわ！　せっかく悠々自適な平民ライフを満喫していたのに、台なしになってしまいます。それでなくともこうして森に迷子を探しに来ただけで、あなたのような野蛮で馬鹿な男に襲われて……！

案の定スターレットに騙されてこんなことをしたのですわね!!」

「だろうねー」

「くっ、なにを根拠に！　証拠はあるのか！」

「え？　嘘でしょう？」

と、俺よりも早く聞き返したのはラナである。その表情は驚愕《きょうがく》。

隣のファーラは小難しい話にラナと俺を交互に見比べている。

あ、というか……そろそろ日も暮れてくるしファーラを早く家の中に入れないと。

夕飯の準備もあるし、おじ様たちどうしただろう？　おじ様たちもご飯食べてくなら用意しなきゃ。おう、カーズなんかに構ってる場合じゃなかったな。

「ラナ、夕飯の準備もあるし先に帰っていいよ」

「こ、このタイミングでそれを言うの？　あなた本当に変わってるわね？」

「え？」

なぜ？　だってこいつの相手なんかしてる必要ないじゃん？　それで夕飯食いっぱぐれる方が嫌じゃない？

カーズにたたみかけようとしていたらしいラナは、俺の顔を見て呆れた顔になる。

ええ、そんな表情もかわいいな〜。

「でも、だってご飯……」

「うっ……わ、分かったわよ、仕方ないわね……なにか食べたいものある？」

「えー、スクランブルエッグ？」

「フラン、スクランブルエッグ好きね？　いいわよ。じゃあ先に帰って作ってるから……えーと、その、は、早く帰ってきてね……」

早く、帰って——？　お、おおぉ？　『竜の爪』を使ったら怖がられて嫌われると思ってた。

ちゃんと近くまで歩いてきて、目は、合わせてくれなかったけど、どこか照れ気味で可愛い。

俺のことが怖くないのかな。『竜の爪』のことは知ってたみたいだけど、それでも普通、実際見たら怖がると思ってた。あ、ヤバイ……。


——好きだ。


とはいえ、今の感じを見るに、ラナとカーズは相性が最悪に悪そう。

冷静に対処しなければ売り言葉に買い言葉でアホには伝わらなくなってしまう。

お怒りごもっともだが、ここは冷静に詰める方がいいだろう。

「うん、早く帰るね。ラナ、とりあえずこの件は俺に任せてくれる？」

「チッ！　いいですわ。わたくしだと怒りに任せて話になりませんもの」

そこは冷静に分かってくれるのか。

「ルーシィ、２人をお願い」

「ヒィン！」

２人をルーシィに頼んで見送る。ラナははにかむような笑顔で手を振って、一度盛大にカーズを睨みつけると同じくお怒りのルーシィに近づいて、ファーラをその背に乗せる。

ファーラはまだ困惑して怯えた様子だったが、ルーシィの背に乗ると少し安心したみたい。

ラナがファーラに「大丈夫よ、帰りましょうね」と声をかけて、ルーシィの手綱を引く。

素晴らしい。実に賢明な判断である。ルーシィもあのままにしておくと、うっかり１人、２人、踏み殺しそうだったもんね。

ラナに感謝しておけ、カーズよ。これでラナはお前の命の恩人になったのだ。

そして子どもを優先させるラナはやっぱり優しいな。はぁ、なんか胸がいっぱいになってドキドキするや。これはちょっと森を散歩してからじゃないと顔が緩《ゆる》んでダメかもしれな……。

…………。ん？　え？　もしかして４大公爵家で一番まともなのラナなんじゃないの？

アレファルドとラナの婚約は、４大公爵家の中でアレファルドと歳が同じだったのがラナだけだったから、陛下が両家の仲を取り持って決まったと聞いていたけど……。

兄貴たちがこうも馬鹿では、他の公爵家の妹たちではダメだった理由が……い、いや、やめよう、今考えても仕方ないし。

「さて、じゃあお前の言う根拠ね」

ラナたちが去ったのを見送ったあと、改めてアホのカーズを振り返る。

『竜爪』は消さずにそのまま維持した。武装してる連中に囲まれてる状態だから、一応ね。

「そ、そうだ！　あの女がリファナの命を狙っていないという根拠を、出せるものなら出してみやがれ！」

「根拠はお前の言う『ラナがリファナ嬢を狙っているという情報に根拠がない』こと。あと『その情報提供者がスターレット』ってとこ。信憑性《しんぴょうせい》ゼロすぎて笑える」

「──なっ！」

っていうか、なんでこっちが『根拠』を示さなきゃならないんだろう？

こちとら今や一平民だぞ。しかも他国の。

本当に頭が痛い。王と国を支えていくべき側近がコレとは恐れ入るよ。人ってこんなに間抜けになるんだなぁ。恋の力ってすげー。

でも、ラナはもとよりファーラにまで──あんな幼い女の子にまで怖い思いをさせたのは

〝紳士〟としてもあるまじき行為。ちょっとマジで頭にきているので、容赦するのやめよう♪

「一応聞くけどその情報、自分の部下にも調べさせて証拠を掴んだりしてる？　情報の裏づけもせずに勢いだけで来てないよね？　当たり前だよね？　だってここ『青竜アルセジオス』じゃないよ？　『緑竜セルジジオス』だよ？　侵略行為は国家間条約で禁止されてるのはさすがに知ってるでしょう？　俺もラナも……いや、エラーナ嬢も先月『緑竜セルジジオス』の国民として認められている。そんなエラーナ嬢を害したらどうなるか、アホのカーズにも分かるよね？　分からない？　嘘でしょ？　お前そこまでアホ極めてたの？　ああ、そこまで極めたアホだったからここまで来ちゃったのか。そうだったな、もうここまで来ちゃってたんだったな。仕方ないなぁ、じゃあそんなアホを極めたアホのカーズにも理解できるように、優しく分かりやすく教えてあげようか？　他国民を一方的に殺害したら国際問題になるんだよ」

「…………、……ウッ」

とりあえずまくし立てるように言ってみた。一気に顔色が悪くなるカーズ。

ふむ……。もう大丈夫そうなので、目を閉じて『竜爪』をしまう。

まあ、さすがにナイフは取り出せるようにしておくけど。

「ついでに言うと、俺は陛下に頼まれてエラーナ嬢の護衛をやってる」

「!?　はっ!?」

「アレファルドと宰相様の仲をこれ以上敵対させるのを避ける目的が一番大きい。陛下としてはアレファルドがまだ若いから、支えは多い方がいいと思ってるんだ。それなのにアレファルドはエラーナ嬢をろくに取り調べもせず国外追放してしまうし、さらにお前がエラーナ嬢を殺害なんてしたら、それこそ宰相様は『青竜アルセジオス』を見限るだろう。アレファルドを支えるのが経験が不足しまくりのお前たちでは、国を任せるのが不安すぎて泣けるって話ね」

もちろんガチで悲しみの方の涙である。いや不安かな？　……陛下、胃痛大丈夫かな。

「それと、スターレットの情報の信憑性がゼロってところの理由も教えてあげよう。あいつは陛下肝いりで作られた『ダガン村』が、『竜の遠吠え』で崩壊したことを『異常なし』と報告してる。このヤバさ、分かる？」

「!?」

「その様子じゃマジで知らなかったんだな？　でも俺のところにダージスが『ダガン村』の生き残りを30人以上連れて逃げてきたよ。今は近くで保護してる。彼らが証言すれば、その報告が嘘だと分かるだろう。そんで、お前が言ってた『村の人を攫って連れてきた』っていうのも嘘だと分かる」

「……、な、なんでそんな嘘をスターレットが吐く必要が――」

「いや、簡単でしょ。カーズもリファナ嬢が好きなんでしょ？　スターレットも、ニックスも」

「！　……そのようだな」

うわ、分かりやすく顔赤くしたな。……いや、恐るべきはリファナ嬢かも。

アレファルドのみならず、側近候補たちをこうも分かりやすく骨抜きにして……。

『聖なる輝き』を持つ者である彼女は、アレファルドだけを生涯のたった1人に限定する必要はない。他の奴ら——たとえばこのカーズを含め、スターレット、ニックスの3人を『愛人』にしても誰も咎《とが》めないのだ。遺伝はしないが、それだけ『竜の愛し子』は自由。

ならばなおのこと、選ぶ権利のない者たちはその間で潰し合う。

「それをカーズはどう考えているの」

「ど、どうって、そんなことは……仕方ないいんじゃねーのか？　彼女の魅力では！　面白くはないが、俺だってリファナを想う気持ちはアレファルド殿下にも負けていない！　リファナが俺だけを見ずとも構わねぇ！　俺はリファナを守る！」

アホすぎて笑える。やば、面白すぎて半笑いになった。めっちゃ睨まれてしまった。

「なにを笑ってやがる！」

ここでようやく立ち上がるカーズ。気絶を免《まぬが》れた兵たちは「ヒッ」と声を上げる。

その声に、俺が『竜の爪』を使うことを思い出したのか頬が引きつっていた。

「心配しなくても使わないよぅ。アレ結構疲れるから」

「ぐっ……！」

「まあ、つまりさ……お前らみんな恋敵じゃん？　思わないの？」

「？」

目を細める。なんだ、その顔。分からない、とでも？　そんなはずがないだろうに。

それとも、そこまで思考を放棄した単細胞だったのか？

「『他の奴がいなければ、リファナは俺だけを見てくれるのに……』とか」

「……っ！」

ギリリ、と歪む顔。ほら見たことか、やっぱり考えたことがあったんじゃないか。

特にカーズは単細胞だから安直にそんなこと考えてそう。

でも単細胞だからこそ、それをしないのかも。

リファナ嬢が悲しむ。単純な理由だけで、自分を押し止められる男なんだろう。アホだから。

「ば、馬鹿なことを！　確かに他の奴らがいなければ、リファナと過ごす時間は増えるだろうが……俺たちの想いは純粋に彼女の幸せを願うものだ！　彼女がアレファルド殿下を選んだのならば素直に祝福し、２人を守る。それが騎士《きし》としての俺の使命だ！」

「ご立派だね。他の２人も同じだとなお、ご立派なんだけど」

「なにぃ？」

カーズは小賢《こざか》しく頭を使い、自分では動かないスターレットとは相性が最悪だ。

このように自分で動き回る。行動理由は分かりやすい。

スターレットもリファァナ嬢と出会ってからは彼女中心。あとニックスもね。

ニックス——あれはあれで腹の中がどす黒くて関わりたくない。ただ純粋に愚直なカーズと、リファァナ嬢のために誠心誠意尽くしていたアレファルドはまだいいんだが……。

「残念だけどスターレットとニックスは恋敵なんて減ればいいと思ってる。アレファルドは難しいから、まず手始めに狙うのは頭が一番弱いお前だろうな」

「だ！　誰の頭が弱いだ！」

自覚ないの？　いや、あればここまで来ないか。

「じゃあ面倒だけど状況を整理して教えてあげるね」

「っ……！」

これには兵士たちも顔を上げた。自分たちが一体なにに巻き込まれているのか、彼らには知る権利もある。……大変残念な事態に巻き込まれておられて、告げるのが申し訳ないったらないんだけど……。

「まず根底はそこだ。スターレットとニックスは最初に蹴落とす標的にお前を選んでる」

「だ、だから……その根拠……」

「お前がここにいることがなによりの根拠だよ」

お馬鹿め。しかし、そう言っても信じないのは今までのやりとりで十分分かった。

なので、面倒くさいが1つ1つ丁寧に教えてやらねばならない。

まず、ことの発端は当たり前だが3月の卒業パーティーだろう。こいつらとリファナ嬢との出会いまで遡《さかのぼ》ってもいいのだが、俺の物悲しい苦労話とセットになるので割愛する。

アレファルドがリファナ嬢との婚約を行うにあたり最大の障害となるのは婚約者のエラーナ嬢。卒業パーティーで婚約破棄を大々的に行い、自身の婚約者をリファナ嬢に変更すると宣言したアレファルド。それを側から手助けし、祝福した3馬鹿。

スターレット、ニックス、カーズ……つまりこいつらである。

恐らく計画的犯行であったその件は、スターレットとニックスが中心になり諸々の手続きを行ったと思われるが、ここで奴らの視点に切り替えてみるとどうなるかお分かりだろうか？

そう、冗談ではないのだ。

相手がアレファルドでは逆らえないが、3馬鹿は3馬鹿なりにリファナ嬢を我が物に、と考えていたに違いない。しかしそこはアレファルドの方が1枚上手だろう。

地位と権力で3人を操作し、ある意味力づくで押さえつけてあの一件を成功させた。

成功させてしまったからには3馬鹿にはもう、他の恋敵を減らす以外に彼女との時間をより長く確保する術《すべ》はない。特にスターレットの執着は些か気持ち悪いレベルに達している。

アレファルドの婚約者となったあとも、リファナ嬢にドレスを贈っている話を……それも国費に手をつけてまでそんなことをしていると聞けば分かりやすいだろう。普通にキモいよな。

で、それだけどっぷり気持ち悪いくらいリファナ嬢にハマってるスターレットの最終目標は、当然リファナ嬢を自分の妻として独占することだろう。

相手がアレファルドだとて、ドレスを贈っているのを思うと諦める気がゼロだ。カーズのように『騎士として彼女を守る』、などという崇高な志は、一片も持っていないと言えよう。

そんな男がやらかすことは簡単だ。

なので今回の件をスターレットの視点から見てみると、こういうことになる。

簡単に始末できるところから始末する、ってね。今回の『ダガン村』の件はカーズの始末と自分のプライドを保つ、その両方を同時に行える絶好の機会だったのだ。

「……ど、どうやってそんなことを……」

「多分スターレットも、最初はここまで過激なことは考えてなかったと思うよ。1枚噛んできたのはニックスだろう」

俺でさえ気づいていたのだ、ニックスはスターレットとカーズの相性の悪さにはとうに気づいていたはず。時折あの2人を敵対させるような発言も多かった。

腹が黒いというか性格が悪いというか。可愛い顔していうことやることがエゲツない。

なのでスターレットの根性なしに、ニックスは自分の情報網を使ってこう囁《ささや》いたのだ。

──『緑竜セルジジオス』の国境にエラーナ嬢が住んでいる。彼女にすべての罪を背負ってもらえばいい。


スターレットなら、それだけの情報で自分の失態もカーズの始末も……そしてエラーナ嬢と、あるいは俺のことも含めて全部同時に片をつけられる浅はかな方法を思いついたのだろう。

アホのカーズを騙して失態の証《あかし》である『ダガン村』の生き残りを、エラーナ嬢に操られていることにして抹消する。ついでに裏切り者であり、『竜爪』を持つ俺を始末できればアレファルドに褒められる、とか？

でも、俺の『竜爪』のことは知らなかったっぽいしな？　いや、知らないのヤバいよね。

いかにアレファルドが陛下の話を聞いていないいかだよ。

俺一応『青竜アルセジオス』国内でしか『竜爪』は使えないけど……それでも国外に渡すのはまずいじゃん？　だから──暗殺者の1人や2人、送り込まれるかと思ってたんだけど……。

なんにせよ他国民となった俺やエラーナ嬢を害すれば、カーズは無事では済まない。

ああ、まったく……スターレットも頭はいいんだけど馬鹿というか……。

「今回の件の一番の曲者《くせもの》はニックスだよ。『ダガン村』が流され、スターレットは村人たちに一時避難の指示をして、そのあと水が引いてから村を再建するよう指示を出した。でも……」

そこを嗅《か》ぎつけたのがニックスだ。

さあ、今度は視点をニックスに換えてみよう。

いくら馬鹿でもお勉強のできるスターレットは、被害状況も分からないうちから報告書など出さないだろう。そこはさすがに慣れている。だがニックスはそれを分かっていて、事前に用意した『被害なし』の報告書を国に提出した。

混乱したのはスターレットだろう。誰が出したか分からない謎の報告書。

ニックスの部下にそういうのが得意な奴がいるのでまあ、まず間違いない。

そうなってしまえばスターレットはその突然降って湧いた『失態』をなにがなんでも隠さなければならなくなる。偽の報告書を出した者を探し出すのはそのあとだ。

ダージスに命じて、すでに被害の出ている村人をバラバラに隠し、被害をきちんと把握してから村の再建に移る。

正直村1つの再建がコソコソできるはずもないのだが、それこそダージスの家から搾《しぼ》り取れるだけ搾り取って秘密裏に進めようとでも思っていたのだろう。

そのしわ寄せをもろに食らったのが身寄りのない村人とダージスだ。

彼らは奴隷《どれい》同然にされる未来を恐れてここまで逃げてきた。

上のくっだらない潰し合いに巻き込まれた彼らは、まさに『つき合ってられない』。

「……そ、その証拠は……」

「部下同士にもそれなりにつき合いってのがあるからね。ダージスが泣いて教えてくれたよ」

カルンネさんに声をかけて欲しいと頼まれて、面倒くさいなーと思いながらも声をかけたあの時――ダージスは洗いざらい話してくれた。

面白いことにニックスの部下で、俺やダージスのように使いっ走りにされていた『友人』が「ニックス様がいよいよやばいことを頼んできた」と愚痴《ぐち》っていたらしい。

部下同士、相談できる横の繋がりというやつだ。

ダージスはその相談を聞いて、うちのスターレット様も～、と愚痴談義に花が咲いていたそうだがよもやこんなことになるなんて。いや、ほんとに。

「で、ニックスの『助言』を本気にしたのか、その手を使うしかないと思ったのかは知らないけど、スターレットはカーズ、お前をここへ派遣した。お前が今回の件でエラーナ嬢を害していれば、無論国際問題になる。彼女はゲルマン陛下直々に認められた『緑竜セルジジオス』の民だからな。他国の貴族が言いがかりで害していい相手じゃないんだ。お前はもちろん、お前の家もただでは済まない。最悪、その問題は王家同士にも飛び火しかねない。国境を越えて私兵とはいえ兵を連れてきてしまったんだから。バレたら侵略行為と見做《みな》されて、アレファルドも無傷ではないだろう」

「っ……！」

「スターレットとしてはここまでが台本通り。でも、ニックスの台本はここからが本番。スターレットが今回の件の首謀者だと暴露すれば、お前とアレファルドだけでなくスターレットも処罰の対象になる。アレファルドはともかくスターレットは家のお取り潰しやむなしだろう。ニックスとしてはそんなことをした2人の『側近候補』を諫《いさ》められなかったアレファルドのことも蹴落として、リファナ嬢との婚約を解消させ、独り勝ちしたいわけ。さっきから根拠、証拠と騒いでいたけど、ちゃんと調べればどっちもゴロゴロ出てくるよ。ただし、調べるのはここでは無理だから『青竜アルセジオス』に帰ってからにしてね。俺、夕飯間に合わなくなるからもう帰りたいんだ。それじゃあ、あとは頑張って」

じゃーね、と手を振って牧場に帰ろうとすると大声で「待て！」と引き止められる。

もう帰りたい。お腹すいた。

「な、なら、俺がやろうとしていたことは……スターレットとニックスの……！」

「まあそうなんだろうね。……ちなみに『ダガン村』のことも村の人がうちに避難してきてるともアレファルドにチクってあるから、無駄だよ」

「！」

「そのあとのことはアレファルドの采配次第だけど、ここでお前がエラーナ嬢を害することをなにがなんでも実行に移すっていうんなら俺が相手をするし、その責任はお前とスターレットが背負うことになるだろう。もちろんニックスを巻き添えに全員道連れにしてアレファルドの独り勝ちでも面白いんだけど……」

俺としてはそれも面白いと思ってるけどね。一応俺の元主人はアレファルドだから。

喧嘩《けんか》別れしたわけではない、と思ってるし。

だがそうなると国が、ね。いや、アホが3人消えてくれた方が、『部下友』たちのような優秀な奴が引き上げられて、逆にいいかもしれないけどさ。

でも、アレファルド……そうなるとお前の下に残る者は誰もいなくなるんだね。

自業自得とはいえ、それは……なんだか……。

「…………」

女1人のために国が傾く。まったく、なにが『守護竜の愛し子』だ。

とんでもない『傾国《けいこく》』じゃないか。改めて問いたいよ、お前らに。

どちらが毒婦だ？

ああ、ラナにも聞きたいね。物語のヒロインだかなんだか知らないが、あの女1人のために未来の国王とその側近たちがぐちゃぐちゃになっている。

溺愛？　愛されれ？　よく分かんないんだけど、それの『作者』は『青竜アルセジオス』を滅ぼす気は本当にないの？

陛下の具合がよろしくない今、経験不足のアレファルドが即位したら……いつ滅んでもおかしくない。とんでもない皮肉じゃないか。

国を繁栄させる『聖なる輝き』を持つ者──『守護竜の愛し子』様が、国の中枢を蕩《とろ》け溶かして滅ぼすのだ。他国に経済的な支配をされるか、内戦が始まって地獄と化すか……。

「不可侵を破って私兵とはいえ兵を連れてきた。この事実は揺るがない。一国の公爵家子息が行うにしてはあまりの愚行。短慮もいいところ」

「……うっ」

ほんの少し難しい言葉を並べ、カーズに自分の罪を思い知ってもらう。本当なら──。

「『青竜アルセジオス』の『法』を司る者の末席として、お前らをこの場で斬り裂いて……その肉片をアレファルドに送りつけるのもやぶさかではないけれど」

「ひいぃ！」

「あ！　こ、こら！　ま、待てお前ら！」

ちょっと脅《おど》すと逃げていく。賢い部下だな、カーズ。お前にはもったいないよ。

「『俺たちは会わなかった』『この国に入る前に、きちんと調べて企みに気づき、アレファルドに報告した』ことにすれば俺もそこまでしないよ。あとは自分たちでなんとかして」

これ以上構うのめんどい。あとお腹すいた。

冷たく言い放つと、今度は引き止められることはなかった。

「…………あとはアレファルド次第だなぁ」

カーズは単細胞だ。頭を使う部下でもいればいいのだが、カーズの部下もかなりの肉体派なんだよなぁ。それは、カーズが大体力でねじ伏せる、筋肉で解決する系だからだろう。

「すっくらんぶるえっぐ〜」

まあいいや。あとで今回の件も親父とアレファルドにチクっておこう。

ふんふーん、そんなことより、ラナのスクランブルエッグ〜！　たーのしみ〜。

4章　温泉と恋

夕飯を食べ終わり、おじ様やダージスたちが学校の寮に泊まるというので見送ったあと——ラナたちはいそいそと着替えやタオルを準備してバスケットに入れていく。

俺だけはその行動を理解できず、首を傾げてそれを眺めた。

そんな風にじっと見すぎたのか、ラナににっこり微笑《ほほえ》まれる。ええ、かわいい。

っていうか、さっきカーズに『竜爪』を使ったのを見ているはずなのに、やっぱりいつも通り。……いつも通りを装っている感じでもない。本当に気にしてないの？　は？　すごすぎない？　それ。どんな神経してるの？

……クールガンのことも知ってたみたいだし、例の『小説』にクールガンが出てくるなら『竜爪』のことを知ってても不思議ではないが——やっぱり知識として知ってるのと、実際見るのは違うと思う。それでもアレに動じないとか……そもそも『王妃の器』だったんだろう。

アレファルドは本っっっ当にバカなことしたな〜〜〜。

クールガンのことも聞いておきたいけど、なんか忙しそう。

「あのね、温泉に入ってみようって話になったのよ。うちのお風呂は狭いでしょ？」

「ああ」

バスケットの準備が終わったらしいラナが、「はいこっちはフランの分」と布袋に入ったバスタオルを手渡してきた。俺の分も用意してくれた……⁉　や、優しっ……‼

それにしても温泉ってアレか、やんちゃ坊主たちが見つけたっていう、『青竜アルセジオス』側の崖沿いに湧いてたっていう——え？　あれに入るの？

確かに子どもとお客さんもいるから、全員を入れてると汲んである風呂用の水が足りなくなりそうだな。しまった、その辺は考えが甘かった。

俺の代わりにそこまで考えていてくれていたのか、ラナ……さ、さすが。

クラナと相談して、「温泉のお湯の温度とか諸々大丈夫そうなら、今日からお風呂はそっちまで入りに行こう」ということになったらしい。

そしてレグルスも『お金儲けになりそう』という意味合いと『温泉イコール肌が綺麗になる』とかなんとかで、温泉に入りたいから今夜はうちに泊まるんだそうだ。

「…………」

「？　どうかしたの？」

「メリンナ先生とアイリンもうちに泊まるの？」

「メリンナ先生ったら飲みすぎちゃったみたいで、寝ちゃったのヨ……」

テーブルに突っ伏していびきをかくメリンナ先生。そんな彼女にブランケットをかけているアイリン。その表情は憔悴している。まあ、確かにアレを学校の寮まで運ぶのはちょっと、ね。

仕方ない……メリンナ先生をあのままにもしておけないし、アイリンも疲れ切ってるみたいだから、あの2人には先に店舗1階で休んでもらおう。前に俺が使ってたマットレス持ってきますか……。なにげに大活躍だなあのマットレス。買って良かった。

そして、一応きっちりしておかねばならんことがある。

「ラナ、風呂は俺たちが先に入るよ」

「え、なんで？」

「お湯の温度とかもそうだけど、クローベアがうろついてるって言われたでしょ？」

「うっ……そ、そういえば……」

うちは全方向を森に囲まれている。ミケたちのように猛獣も多いから、よそから来た獣はでかい顔して歩けないだろうけど——一応あっち方向を縄張りにしているミケの息子、タロウ(命名、ラナ)に見回りを強化してもらってこよう。

虎とクローベア、どっちが強いかは分からないが、少なくともミケの息子なら竜虎の血筋だ、遅れは取らないだろう。

「俺たちが先に入って、ラナたちが入ってる間周りを見張っておく。あとレグルスはラナたちのあとね？」

「アラ、アタシ心はオンナなのニィ」

「…………」

「分かってるわよォ、1人風呂を楽しませてもらうワ」

「アハハ……」

乾いた笑いを浮かべるラナだが、あんまり笑いごとではないんだけど？

とりあえずまず先に、メリンナ先生とアイリンのためにマットレスを店舗に持ってきて寝かせてから、やんちゃ坊主どもとニータンを連れ、温泉の場所まで連れて行ってもらう。

自宅から川を渡って『青竜アルセジオス』側の森——の崖側。

この辺りは『黒竜ブラクジリオス』方向の断崖絶壁のような急斜面の崖がある。そんなに高いわけではなく、やんちゃ坊主たちでも5分で登れそうな、そんなこじんまりとした高さ。

この崖沿いから川向こうの自宅方面に炭酸水という、あの辛《から》い水が湧いている。

恐らく、炭酸水と温泉は『黒竜ブラクジリオス』と『緑竜セルジジオス』、『青竜アルセジオス』の竜力が混じり合ったことで発生した、特殊な自然現象だろう。

ラナにより氷が竜石道具の『冷凍庫』で作れるようになった今、もしかしたらこの周辺のもの、『千の洞窟』よりレアなのでは……。

温泉は『赤竜三島ヘルディオス』にもあるらしいけど、炭酸水は多分あそこ限定だろうな。口の中がパチパチして辛いから、王侯貴族はじめ万人にウケるものではないと思うけど。探したらもっと珍しいものとかあったりして。

「ここだぜ！」

シータルがドヤ顔で指差す場所を見ると、ものすごい湯気《ゆげ》。

その絶え間なく立ち上る湯気の合間から見えるのは、ゴツゴツした大きな岩に囲まれた沼。

ふーん、シータルとアルが見つけてきた温泉は滝壺のようになっているのか。

割と高い崖から、大きなくぼみになった場所にお湯が流れ落ちてくる。

そして溢れた湯は小川のようになって近くの大きな川へと流れていく。

「…………」

牧場近くの大きな川。多分あれに合流するのだろう。

あの川に春魚が多かったのはこの温泉の影響もあったのかもしれない。

……まあ、さすがにミケの加護なしじゃマグロは釣れないよ、うん。

ぽいぽい服を脱いでドボーン、と湯船にジャンプして入ろうとするシータルとアルをとっ捕まえて、とりあえずニッコリと笑いかける。

「「ひっ」」

「ひっ」とは失礼な。なんだその怯えた表情は。まったくこれだからやんちゃ坊主どもは。

「火傷《やけど》する気？　高温のお湯の中に入ったら全身焼け爛《ただ》れて死ぬよ」

「うっ！」

「そ、そんなこと……」

「温度確認したの？」

「「………」」

まだなのな。それなのに飛び込もうとか勇者かお前らは。いや、それは蛮勇《ばんゆう》というやつだぞ。

「まずお湯の温度を確認してからじゃないとダメだろう」

「だ、大丈夫だよ！　『赤竜三島ヘルディオス』には温泉いっぱいあるから、入っちゃいけない温泉の湯気、おれら、見たら分かるし！」

……なるほど？

「でもそれは『赤竜三島ヘルディオス』にいた頃の話だろう？　『赤竜三島ヘルディオス』と『緑竜セルジジオス』は気温が違うんだから、故郷の温泉の湯気を基準にするんじゃないの。俺が確認してくるから、待機！」

「うっ。……わ、分かったよ～」

やんちゃ坊主たちを黙らせて、湯の上に手をかざす。

手の甲で湯の表面の温度を確認してから、指先を入れ、大丈夫そうなら手の全体を入れてみる。うーん、想像していたよりもかなり人肌に近い温度だな？

ねっとり絡みつくような感覚。それに、ちょっとつぷつぷ水泡がくっつく。なんだろうなこれ。毒ではなさそうだけど――あ、もしかして炭酸か？　温泉と炭酸が合体している……!?

「……うん、まあ、人が入っても平気かな」

「わん！」

と、鳴き声に足下を見るとシュシュが尻尾を振っていた。なるほど、クローベアが近づいてきたら教えてくれるんだな？　賢い賢い。頭を撫でて、こっそり「タロウを見かけたら連れてきて。無理そうならクローベアのことを伝えておいて」と頼む。

果たして普通のコーギーであるシュシュにそこまでのことができるのかは分からないが、探して連れてくるくらいはできるだろう。なにしろうちのシュシュは賢いので。

「なーなー、タローってなんだ？」

「知り合いの虎だよ。この辺りを縄張りにしてるから、クローベアのことを教えて見張ってもらおうかと思って」

「え？　虎に……？　虎が？」

首を傾げる３人に、俺も「なにか変なこと言った？」と首を傾げたが、よくよく考えると虎と情報共有して見回り手伝ってもらったり、たまにご飯を一緒に食べたりするのは――あ、うん、普通ではないな？

ヤバい、ここに来てから俺の中の常識がおかしな事態になってる。

で、でもほら、ミケたちは竜虎だから！

そう説明するとさすがは信仰深い『赤竜三島ヘルディオス』の子どもたち。あっさりと「なるほど、竜虎すげー！」と信じてくれた。

この調子ならいずれミケたちに会わせても大丈夫そうだな。

「なあ、もう入っていい⁉」

「ちゃんと体洗ってから入りなよ」

「「えーーー」」

「ん？」

なんて？

にっこり笑ってやると、やんちゃ坊主たちはびびったように「「は、はい！」」と、なかなかいい返事。対してニータンは「はぁーい」ってなんか緩い返事。……いや、まだ俺のことを見定めようとしてる感じかな。ニータンはかなり疑り深い、慎重な性格のようだ。

まあ、俺にそれを悟られちゃう辺りまだまだだけど――この子は訓練するといい『影』になれそう。なんにせよ、聞き分けが良くていい子たちになってきたなー。

岩場の比較的平らな場所を選んで足場にすべく、持ってきた桶《おけ》で湯をすくって砂を流す。

子どもたちと一緒に体を湯で流し、全身洗ってからいざ湯船に浸かる。やはりつぷつぷ、シュワシュワしたものが体にまとわりつく。なんなんだこれは。レグルスに成分分析してもらってから入った方が良かったのでは……？

「これ、すごいね。炭酸泉だ」

呟いたのはニータン。やっぱり炭酸なのか。温泉まで炭酸とは。

「ニータンはこのお湯のこと知ってるの？」

「『赤竜三島ヘルディオス』にも1カ所だけあるんだよ。小さい赤ちゃんは肌が弱いから入っちゃダメなんだけど、このしゅわしゅわが血の巡《めぐ》りを良くしてくれるから、体調が悪い人が入りに行くんだ。温度が低いのにすぐ体がポカポカになるし、高い温度の温泉だと胸が痛くなる人も炭酸泉はそんなに熱くないから痛くならないって言ってたよ」

「へえ」

そういえばラナも「炭酸水は体にいいのよ！」って言ってたな。でも辛いんだもん。

そして本当に体がポカポカしてきた。早。

「毎日入っても大丈夫なの？」

「うん。温泉が体に合わない人とかは、ダメだけど」

「そうか……じゃあ、脱衣所とか地面とか水回り整えて、普段使いにするのは問題ないのか」

でも自宅からちょっと遠いんだよな。『青竜アルセジオス』の水路技術なら、自宅までお湯を引くのは難しくなさそうだけど——湯の温度が低いから、自宅に流してる間にすっごいぬるくなりそう。それに炭酸って放置すると気泡が抜けてただの苦い水になった。この炭酸泉も同じだとしたら、効能が消えるんじゃないか？

まあ、子どもたちを預かってる間だけなら別にいいかな？　いつでも入りに来られるように整えておく分には不便もないし。

「にゃおーん」

「「わあーーーーー!?」」

本格的に体があっつくなってきたので一度縁《へり》にある岩に登った時、下から声がした。見ればでかい獣の両手が真横にてしっと置かれる。

「ぎゃおん」

「おお、タロウじゃん。シュシュから聞いた？　この辺にクローベアいるらしいから、お前も気をつけなよ」

「ぎにゃ〜ん」

大きな口を開け、「分かった〜」と言わんばかりに目を閉じる。そしてひょい、と俺の横に登ってきて座ると、肩にくいくいと体をすりつけてきた。

小さな頃ならそりゃあ可愛い仕草なのだが、お前今ミケと同じくらいでかくなったんだからな？　もうそういうの、体当たりというかのしかかりというか――。

「あっ」

ドボーン、と、温泉の中に頭から落ちたよ。俺が。

「というわけで、ラナたちがお風呂の間、周辺の警護を行ってくれる竜虎のタロウくんです」

「ぎにゃお〜ん」

「タロウ！　大きくなったわね〜」

いや、本当に。

俺たちが安全を確認したので温泉に入りに来たラナたち。

まずは、タロウ初見のクラナたちにご紹介。ちなみにやんちゃ坊主たちは竜虎に大はしゃぎして、ニータンは人語を理解し、意思疎通も問題ないその賢さに感心していた。

女の子はさすがに怖がるかな、とクラナたちを見てみると、クラナとクオンはやはり表情が引きつっている。だよね。

アメリーは――にこにこぼーっと目を閉じて……どういう気持ちの顔？　それ。

しかし、意外にも好奇心旺盛らしいファーラが1歩、タロウに近づく。

女の子が寄ってきたのが嬉しかったのか、お座りしていたタロウが立ち上がってファーラの顔をベロベロ舐め始めた。

「ぎゃおん、にゃおおん」

「ひゃ、ひゃあ……」

「こらこら、ファーラが転んじゃうよ」

小さな体が傾くのを、背中に手を回して支えてやる。タロウをたしなめるが、全然止まらない。相当ファーラのことが気に入ったっぽい。

守護竜の加護が得られない『加護なし』を、竜虎が気に入るとはね～。やっぱり『加護なし』って大したことないな。

「ふふふ、タロウがいるなら安心ね」

「俺も一応見回りしておくよ」

「え、さらにフランも!?　じゃあゆっくりできそう！　……」

「？　なに？」

微妙な笑顔のままなにか言葉を呑み込んだ様子のラナ。言って、と促すと顔がどんどん赤く染まっていく。どうした。

「い、いや～……フランに限って――の、覗かないよね……って」

「そ！　そんなの紳士のやることじゃないから!!」

「そ、そうよね!!」

なんてこと言うの！　覗くわけないし！　いや、ミケに会った日にラナが釣り針をスカートに引っかけて……あ、あれは事故だし！　まして今日は子どもたちもいるし！

「じゃ、じゃあごゆっくり！」

「う、うん！　ごめんね、変なこと言って！」

温泉の近くはタロウに任せて、自宅にシータル、アル、ニータンを連れて戻る。

2階の子ども部屋に3人を突っ込むと、ニータンが困ったような顔をした。だよね、分かる。

この2人がこのまま大人しく寝るわけないよね。

「ちなみに明日から家畜たちや畑のお世話の仕方を教えるから、早めに寝た方がいいぞ。朝早いからな。お前たちにも1人一画畑を任せるから、なにを育てたいか考えておくように」

「え!?」

「おいらたちも畑でなんか育てるの!?」

「……！」

3人ともキラキラ目を輝かせる。

そうだろう、そうだろう。『赤竜三島ヘルディオス』はサボテンしかない。この国に来て色々な種類の野菜を見て、食べたはずだ。それを自分で育てられる、っていうのは好奇心が刺激されるはず。

とどめに「ちゃんと畑を管理できるようになったら、小動物を狩る罠《わな》の作り方とかも教えてあげる」、と言っておけばやんちゃ坊主たちの瞳はますます輝く。

ニータンの方は「オレは竜石道具の作り方が知りたい」と呟く。おお、さすがだな。この歳で将来のことをちゃんと考えている。

「分かった。じゃあ、早く寝ろ。明日から忙しいぞ」

「分かった！　寝る！」

「おやすみー！」

「おやすみなさい」

「おやすみ。今日はお客さんが多いから、騒がずに大人しく寝るんだよ」

一応自宅の中のことはシュシュに任せて、温泉付近に戻る。

クローベアのことがあるから、巡回警護するけど……毎日は厳しいから、塀で覆うくらいは明日中にしてしまおう。

「――！」

血の匂い⁉　それに呻《うめ》き声……しかも近い。

慎重に匂いの方に近づくと、ゴッゴッ、と生き物を殴る音。うわあ、やだな……生き物が生き物を殴るって、自然界では普通ではない。野生動物は獲物をいたぶるなんてことしないだろう？　つまり――人間、かな？

そういえばカーズが連れてきた私兵の何人かはバラバラに逃げていった。そのまま迷ってるのかも？　だとしても、なんでこんな音が……。

「っ！」

木の裏に隠れ、2つの影を覗く。でかいな……なんだ、あの大きさ。2メートルは軽く超えている。もしかしてクローベアか？

この辺りは『青竜アルセジオス』側。最悪『竜爪』を使えばいい――と、それを見るまでは思っていた。目をこらすと、やはりカーズの私兵。だが、その私兵が殴られている側だった。

殴っていたのは2つの長い耳を揺らして振り返った――二足歩行の大型……いや、超大型の兎《うさぎ》である。うん、純白の毛並みで、赤い血走った目で、長くて可愛い2本の耳と丸い尻尾……二足歩行で人間の成人男性をフルボッコにして胸ぐらわし掴みにして、返り血で汚れていなければ……兎じゃない？　うん。

——猛獣、ファイターラビット。竜の血を浴びた兎の末裔《まつえい》——その変異種である。

「…………」

いや、なんでそんなもんがここにいるの。

「ぴゅい、ぴゅい」

鳴き声甲高《かんだか》っ⁉　あの体格とあのツラであの声出る⁉

でもあのままだとカーズの兵が死んじゃいそう。竜兎《りゅうと》も相当に賢い生き物のはずだから、本気で殺そうとしてないみたいだけど。そんなレア猛獣にフルボッコされるくらい怒らせるって、一体なにしたんだあの人。

はあ、仕方ないな……温泉の近場で人が死んだとか、温泉に入る度に思い出すのヤだし目覚めが悪くなりそうだから助けてあげよう。

「ねえ、ちょっといい？　そいつ君になにしたの？」

「ぴゅい——……ぴゅいぷいぴゅうい！」

俺が近くにいたのには、やはり気づいていたようだ。声をかけると、兵の胸ぐらから手を放して地面に落っことす。そして俺の方を向くと、こう説明した。

訳『こいつがあたちの子を捕まえて食おうとしたのよ！』——かな？

なるほど、それは殴られても仕方ないね。で、ファイターラビットの子どもは、驚いたのと怖かったのとで逃走。これから捜すようだが、その前に犯人をボコってたと。ふむふむ……。

ファイターラビットは竜兎の突然変異種だ。その子どもってことは普通の兎よりも大きく、竜翼《りゅうよく》を取り出して空も飛べるのだろう。捜すのは大変だろうな。

「捜すの手伝うから、その人間は見逃してくれない？」

「ぴゅう、ぴゅい。ぴゅう……ぴゅうぴゅうぷいいぴゅ」

「ふむ……」

俺が子どもを捜すのは了承してくれたっぽい。子どもの特徴はぴゅうぴゅいのニュアンス的に色は栗色で、大きさは40センチくらい。性別はオス、か。

「!?」

逃げた方向は、と聞こうとしたら、温泉の方から悲鳴――!?

くっ、兵士の人、手当は後回しにさせてもらうよ！　ラナたちの安全確認が最優先だ！

タロウがいるから、ラナたちが怪我することはないと思うけど……！

「ラナ……」

そう、大丈夫……大丈夫なはず……!!

「ラ――!?」

まずは声をかけて、とラナの名を叫ぶ俺の目の前に、なにか黒いものがぶつかってきた。

え？　なんか目の前が真っ暗になったんですけど。俺、夜目《よめ》は利く方だから、こんな急に真っ暗になるなんておかしいよ？　それになんか生あったかいし、もごもごしてない？

顔に手を置いてみるともふっとした。……は？　もふっ？

「……っ」

それを掴んで引き剥《は》がすが、視界は暗いまま。人の声もするし、なにが起きてるんだ⁉

ん？　顔になにか薄い膜？　いや、布がくっついていたのか？

もふっとしたものを右手に持ち直し、左手で顔にくっついていた物を取る。

「…………………」

三角の。布。ピンクの。なんかレースがいっぱいついててかわいいデザイン。はて、これは……？　なんか女性物の下着みたいに見えるんですが……？

「フ、フラン！」

「⁉　ラナ！　大丈夫⁉　声が聞こえたんだけど……」

「あ、あの、へ、変に大きな兎が……、そ、その……！」

「？」

すでに着替え終わっているラナと、後ろからクラナとクオンが追うように駆け寄ってきて俺の手元を見るなり、目を見開いて固まる。ラナが赤い顔であわあわする様子を思うに……もしかしなくても、みたいじゃなくて……？

「ごめん⁉」

「大丈夫！　それはまだ履いてないやつだから――！　……じゃなくて！　あの……だ、だから、そ、その……」

「っ！」

じゃあまさかコレは今からラナが履こうとしていた……？　い、いや着替えとして持ってきていた物だとしたら、ラナは今……。

わーーーーーー！　わーーーーーーーーーー⁉　やめろ俺！　それは紳士の考えることじゃないー‼

なに考えてるんだ、最低か‼　ラナさんごめんなさい‼

「ご、ごめん……」

返却！　あああああ、ラナのし、下着――パンツ――触っちゃった～～～～っ！

「あーーー！　そ、それより！　フランが犯人を捕まえてくれて良かったわ！」

「犯人……？」

そういえばなんでラナの下着が俺の顔に？　なにが起きたんだ？

手元を見ると、右手には丸くなってカタカタ震える薄い茶色の兎。俺が掴んでいたのは兎の背中だったのか。手足を縮めて、こちらを不安げに見上げている。ヒクヒクお鼻可愛いな！

それにしてもこの兎ちょっとでかくない？　あれ、でかくて茶色？　……もしかして……。

「温泉から上がったら、突然この兎が私の着替えが入ったバスケットに飛び込んできたのよ。で、バスケットから飛び出していったと思ったら、私の、まあ、その、パンツをね……」

「な、なるほど……？」

カーズに置き去りにされたあの兵士が、仕方なく今晩あの近辺で野宿するつもりで夕飯としてファイターラビットの子どもを捕まえようとしたんだろう。で、親に見つかった。驚いたファイターラビットの子どもは温泉の方に逃げて、ラナの着替えの中に飛び込んだってことか。

まあ、捜す手間が省けたからいいか……？　いいのか？

「にゃおん」

「！」

俺の足下まで来ていたタロウが、俺の手元の子兎を物欲しそうに見上げている。なんだその「僕のご飯ですね？」みたいな表情。可愛いけどこの子はダメだよ、これでも竜兎の子どもだもん。なんならお前の遙《はる》か遠い一種の親戚みたいな生き物だよ。

親のファイターラビットもお前に負けない危険な猛獣だしね。……ああ、子兎が暴れずに俺の手の上で震えてたのは、タロウがいたからか。そうだな、このまま暴れて逃げても、タロウが捕獲《ほかく》して噛み殺す方が早かっただろうな。さすが子どもとはいえ竜兎。賢い。

「タロウ、お前は引き続きラナたちの護衛だよ。明日新鮮なお魚釣ってあげるから、この子は見逃して。親が捜してるんだよ」

「にゃーむ……」

「その子迷子なの？」

「うん」

ラナが首を傾げて俺の手元の子兎を見る。かわいい、と呟いていたところ、俺の背後からズシズシとした足音。タロウが俺の後ろに向かって臨戦態勢を取る。優秀。

木々の合間からゆっくり近づいてきて、星明かりの下にその巨体を現す。

「へ」

「ひぃっ⁉」

ラナたちの小さな引きつるような悲鳴。それも致し方のないことだろう。だって白い毛並みには、まださっき兵を殴った時の返り血が残っている。しかも生態上、顔が怖い。

こんな登場の仕方をしたら、そりゃ一種のホラーだろう。

「子どもさんはこの子で間違いない？」

「ぴゅい……ぴゅい！　ぷいぷいぷいぴゅいいいぃぃ‼」

「きゅうー！」

兎は本来よほどのことがないと声を出さないが、竜兎は賢いのでよく喋ると聞く。うちのルーシィもよく喋るもんな。なんにせよ兎親子、感動の再会である。

その横で俺はラナに事情を説明して、タロウに子兎を諦めて頂く。ファイターラビットとタロウの喧嘩は、いろんな意味で見たくないし。

「湯冷めするといけないし、ラナたちは家に戻りなよ。あとお風呂入るのレグルスだけでしょ」

「え、ええ、そうね。フランも戻ってくるの？」

「うん、そのつもりだけど……」

だってレグルスに護衛とか必要ないじゃん？　猛獣の方が逃げていきそうだもんね。

「じゃあ、一緒に帰りましょう」

「う、うん」

ラナ、顔が赤い。素早く手に持っていた物——俺の顔にぶつかった例の布——を、バスケットにしまったのが見えた。……一刻も早く帰ろう。

◆◇◆◇◆

「はあ、いいお湯だったワァ〜！　これは絶対宿もできるわヨ！　エラーナちゃん、ドウ⁉」

「どうって言われてもねぇ」

まあそんな感じで全員が入り終わった。

……レグルスって髪の毛下ろすとあんな感じなんだ？　化粧も落とすとちょっと印象変わるな。うん、おっさん感が増す。もちろん絶対口にはできないけど。

「それじゃあみんな、おやすみなさいを言って寝ましょう」

「はーい」

レグルスがお風呂に入っている間、女子会で夜更かししていた女子たち。

ホットミルクだけでよくぞこんなに話すことがあるものだと感心してしまった。

まあ、レグルスがお風呂に入ってたの移動含めて30分くらいだったけど。

「おやすみなさい！」

「おやすみなさぁい」

「おやすみなさい」

「おやすみなさい、ユーフランさん、エラーナさん、姉さん」

「おやすみ」

ほーう、女子もみんなきちんと挨拶をする習慣があるんだなぁ。偉い偉い。

お辞儀をして2階に登っていく子どもたち。そんな中、1人だけファーラが戻ってくる。

「アラ、ファーラったらどうしたノ？」

「あ、あの……夕方……」

俺の前にやってきて、もじもじと口にしたのは夕方——先程夕飯の時に聞いた、カーズに襲われた時に、ファーラがラナと一緒に森にいた理由だろう。

「ああ、気にしなくていいよ。夕飯の材料探しに行ってたんだって？」

「う、うん……クラナ、あんまり元気なかったから……」

「…………」

ラナと顔を見合わせた。

自宅にいれば安全だっただろう。今日はお客も多いし、カーズも正面突破とか、多分そこまで馬鹿ではなかったはずだ。だがファーラは、かくれんぼの最中《さなか》、1人になったのを利用して……いや、その偶然を装って森にこっそりキノコを探しに出かけたんだそうだ。

初めての船、子ども連れでの長旅、慣れない環境の中レグルスと共に窓口として対応を行ってきたクラナの心身の疲労、消耗はかなりのものだったのだ。

普段やらないことを連日行い、トドメとばかりにあの馬鹿——ダージスがクラナに一目惚れしたとか言い出し口説き始めたもんだからキャパオーバーになる寸前。ファーラはそれを感じ取り、クラナの好物、『マジコキノコ』のスープを作ってあげようとしたらしい。

でも、ここは『緑竜セルジジオス』。『赤竜三島ヘルディオス』にあるキノコは残念ながら生えていないだろう。それを知らないファーラはのこのこ森でカーズたちに遭遇。

かくれんぼにしてはいつまでも見つからないファーラを心配して、森の奥を捜しに来たラナも上手い具合に遭遇。そこへちょうど俺が帰ってきた、という場面だったらしい。

あの時、おじ様たちも近くを探していたらしいので、もしかしたら誰かしらには俺が『竜の爪』持ちだとバレてるかもね。

「うん、クラナのことはレグルスがなんとかしてくれるから大丈夫」

「アラァ？　突然の丸投げェ？」

「お姉ちゃんなんだろ？　妹のケアくらいしてやれよ」

「ンマァ、それもそうよネェ。確かにアタシもちょっと心配だったシ〜。エエ、声かけてくるワ。２階のテラス借りるわヨ」

「もちろん、どうぞ」

と、ラナが頷く。店舗２階の室内は子どもたちの遊び場や勉強用の机が用意してあるが、テラス席用のだだっ広いテラスはノータッチ。

多分そこでオンナ同士……んん、いや姉妹の話し合いをするんだろう。その方がいい。

昨日今日会った俺たちより、レグルスの方が彼女のフォローやケアは上手くできるはずだ。

「ファーラはこっちで寝かしつけとく」

「よろしくねェ。それじゃあアイリンちゃん、アタシちょっと上に行ってくるわヨ」

「え、ええ」

「おやすみなさい、アイリン」

「おやすみぃ」

「お、おやすみなさいですわ」

すでに寝落ちているメリンナ先生と、その横でもう1つのマットレスに寝ようとしていた、寝ぼけ眼のアイリンに挨拶しておく。メリンナ先生、寝相《ねぞう》ヤバ〜。見なかったことにしよう。

さてファーラだけど、自宅側の階段から子ども部屋に連れていくのがいいだろう。

というわけで、店舗から自宅の方に扉を開ける。

「あ、そうだ。ファーラ、俺が出した『爪』のことは、他のみんなには内緒だよ？」

「うん！　……お兄ちゃんもファーラみたいに『変』だったんだね」

え……ストレートに変って言われた……!?

いやいや、確かに『竜の爪』持ちは少ないけど、俺なんか親父や弟たちより爪の数少ないからね？　普通だよ、普通！　大体自宅まで戻ってきたら使えないし！

「(フランがショック受けてる)……あ！　そういえば、その件でフランに聞きたかったのよ」

「ん？」

あ、俺も聞きたいことがあったんだ。ラナはクールガンのことを知ってるみたいだった。『竜爪使い』――と言っていたけれど……もしやクールガンは『小説』に出てくるのか？

しかし、その話をする前に――。

「おやすみファーラ」

自宅の階段を上り、子ども部屋にたどり着く。

ファーラは男子部屋の方をちらりと見る。どったんばったんと騒がしい。

……はあ……、無駄だったかぁ。だよなぁ。

「叱っておくから大丈夫だよ」

「う、うん。あの、ユーフランお兄ちゃん……助けてくれて、ありがとう」

「どういたしまして」

素直でいい子。頭を撫でて、背中を押す。

たとえ守護竜の加護を受けられなくとも、やはり普通の女の子だな。

「で？」

「フランの家が『竜爪使い』だったの？」

「その呼び方は知らないけど……そう呼ばれてても不思議ではないかな」

「ちなみにクールガンって……」

「2番目の弟だね。俺を含めるとうちの三男。クールガン・ディタリエール・ベイリー。……まさか——」

「そのまさかよ……」

頭を抱えるラナ。

マジか。クールガンは……『小説』に出るのか。

「実は私、3部の書籍版は読んでないのよ……」

「…………。はぁ？」

またわけの分からないことを……。

「えっと、前にも言ったけど『守護竜様の愛し子』はコミカライズもされているわ」

「こみから……」

なんだそれ。聞いたっけ？　いや、分からない。あんまり興味なかった。

ごめん、かなり興味なかった。あと『こみからいず』の意味も分からない。

「漫画になってるのよ！」

「まんが……あのなんでも分かる万能の書物？」

「ん？　う、うん、まあ、そんな感じ？」

なんと……！　さすがは守護竜の愛し子――万能の書物になるなんて。

でも『小説』が『万能の書物』になるって一体どんな現象なんだろう？　ラナの前世の世界は本当に不思議なもので溢れてるんだなぁ！　まったく想像がつかない……！

「3部はブラックに就職したあと発売されたから、コミカライズでしかチェックしてないの。すごくない？　3部までコミカライズされたのよ？」

「う、うん」

よく分からないけど、すごいんだってさ。

「絵師が最高だったからなぁ、あれ。……って、違う違う。とにかく、その時にフランの弟？が登場していたのよ。クールガンっていうグレーの髪の男の子！」

「うん」

クールガンは赤目と毛先が赤い灰色の髪。

そのコントラストが美しいのだが、本人は薄汚い色だと嫌がっていた。

うちの母が綺麗な赤毛で、兄弟がみんな今のところ俺みたいな髪色が多いから。

一応クールガンだってちゃんと毛先は赤いんだけどな。本人はそれだけでは嫌らしい。

「とはいえ私も最新話まで読んでないのよね。……その前に精神やられて、漫画を読む時間もなくなったから」

「う、うん」

ラナの前世の話は……特に死ぬ数カ月前は悲惨なことが多いからあまり聞きたくない。

本人も話したくないのか、首を横に振るう。

「クールガンは王になったアレファルドの、新しい側近の1人として登場するの。最初はヒロインをすごく嫌ってたのよね……」

「クールガンがアレファルドの側近？」

「ええ。他の3人──スターレット、カーズ、ニックスの3馬鹿は、3部になるとヒロインと一緒にいる描写しかないから……多分それでだと思うわ。まあラノベの世界に突っ込みとかしちゃいけないんだと思うけど！」

「まあ……アイツの優秀さを思えば……アレファルドの護衛兼側近になるのは、無理ではないと思うけど……。でも年齢的にどうだろうな？」

ヒロインとはリファナ嬢のことを指すはずだ。クールガンはリファナ嬢を嫌う？　んん？　そんな初対面の人を嫌うような子に育てた覚えはないのだが？　アレファルドの側近になったなら尚更リファナ嬢に失礼な態度はできない。しちゃいけない。……ん。

「アレファルドは王になるの？」

「え？　ええ、3部冒頭で王様が亡くなるの……。作中のお父様の毒のせいね……」

「………」

まぁ、ね。王様が死ななければ、あるいはご自身で退位し、息子に譲《ゆず》らなければアレファルドは王にはなれない。ただ、まさか宰相様が……。

「でもきっとそんなことにはならないわ」

「うん」

この世界では。

自信ありげに微笑んで、腰に手を当ててるラナのそのドヤ顔。きっと宰相様へ、上手く手紙に書いて伝えたのだろう。

実際問題アレファルドと他3名の能力不足は如実《にょじつ》だ。

陛下の体調が芳《かんば》しくないという手紙以降、快方に向かっているという連絡はない。そんな状況の今、宰相様の支えを失うのは、いっそう危険だ。

今回の件——村が流れたことを隠蔽《いんぺい》報告したスターレットとラナを襲おうと国境を侵害してしまったカーズ。そして2人を裏で焚きつけていたニックス——上手く収められなければ、3公爵家は取り潰しにさえなりかねない。

ダージスをトカゲの尻尾切りに使ったところで、あの3馬鹿は下の連中に強烈なしこりと疑心暗鬼を残した。それもかなりまずい。いくら縦社会で序列の権威が強いといっても、陛下や宰相様という柱がなくなれば確実に人望のないアレファルドと3馬鹿は見限られる。

不正も見抜けないアホの認定をされたら、下の奴らはそりゃもう好き放題にするだろう。

だって現時点で不満は相当だ。俺がいた時代ですら、そうだった。

下から崩れて、国民も巻き添え——最悪だ。

すでに宰相様があの調子なので、アレファルドとしては味方は1人も欠けてもらっては困るはず。結局のところアレファルドの采配次第というわけだな。まあ応援しかできないけど。

「……ねえ、あの、もう1回見せてもらっても、いい？」

「？」

「あの、爪……」

『竜の爪』を？　マジ？　驚きすぎて声も出なかった。

そりゃ、見せるだけなら構わないけど……いつレグルスとクラナが戻ってくるか分からない。

キョロキョロしたあと、ラナを俺の部屋の中に招いた。ファーラに「内緒だよ」って言った手前、レグルスたちにうっかり見られても、ねえ？

……しかしなんでそんなにワクワクキラキラした目をしてるんだ？

「言っておくけど、『青竜アルセジオス』から離れてるから上手く出ないよ？」

「え？　でも森では……」

「『ベイリー』の『竜の爪』は『青竜の爪』だから……。ラナは『竜の爪』についてどの辺まで知ってるの？」

「え、えーと……クールガンが『竜の爪』を出して戦える、くらい？　漫画の中のクールガンって、子どもなのにすっごく強いのよね！」

あ、意外とふんわりしてる。でも、クールガンが子どもでも強いのにはとても同意だ。

あの子は久しぶりに『６爪』出たから。

「『青竜の爪』ってことは、もしかして他の国にも『竜爪使い』がいるの!?」

「いるんじゃないかな。『竜爪』の加護持ちは王家が暴走しないように見張る役割を与えられた者のことだから」

「そ、そうなんだ……!?」

国別で竜爪使いがいるというのは思いもよらなかったらしい。

びっくりしてるラナ可愛い。目、こぼれちゃいそう。

「『守護いいと』にはクールガンしか『竜爪使い』が登場しなかったのよ」

「名字、同じなのに気づかなかったんだ？」

「覚えてなかった……！」

「そっかぁ」

「で、でもやっぱりこの世界は前世で好きな作品だったから、興味深いのよ！　名字は覚えてなかったけど、それはほら、ブラック時代に突入した頃だったからだと思うし！　クールガンは可愛かったから、あの頃の唯一の癒やしで大好きだったの！　だからそのクールガンが使ってた『竜爪』をもっとちゃんとしっかり見てみたいなー、みたいな、ね？」

なるほど、ラナの知ってる『小説』の中では『竜爪使い』はクールガンしか登場してなかった。だから詳しく知りたいってことか。なんだかんだラナにとってこの世界は前世で好きだった世界。興味深い、ねえ。……はあ、仕方ない。

「……」

右目を竜石に血を通すように——集中する。むぅ、『青竜アルセジオス』の竜力が弱い……でも、ラナがなんかワクワクキラキラしてるし、がんばる。

「！」

めっちゃがんばって集中すれば、1爪だけ薄っすらと形が浮かぶ程度に顕現した爪。ラナが顔をキラキラさせながら「わぁ！」と声を上げる。……牧場を見た時のトワ様みたいだな……。

でも、ラナがまず覗き込んだのは俺の右目。その双眸《そうぼう》に映り込むのは赤から青になっている目だろう。『竜石眼』は起動させると竜力の影響で、得ている守護竜の竜力の色に変わるから。

でも、ラナに覗き込まれるのは——恥ずかしい。

逸らそうと思ったが、俺の右頬に白くて細いラナの指先が触れて、顔を背けられなくなった。

キラキラとした、好奇心と感動を帯びた翡翠《ひすい》の瞳。

「すごい……フランの赤い瞳、片方が真っ青になってる。中に細い白い線……これが竜爪？」

「そう」

え、ラナはもしかして俺を殺そうとしてる？　死ぬ？　俺。

ラナさんのそういうところ、クローベアより遙かに怖いんですが。

「……」

ちら、と俺の右側の背後をラナが覗き込む。そこに浮かぶのは3本のうちの1爪。

半透明な白いそれに、手を伸ばすので驚いた。

「危なっ！」

「え！　さ、触っちゃダメなの⁉」

慌ててその手首を掴む。細い‼　折れそうで怖い‼　ってことですぐ放す。

いやいやいやいや。なんつー怖いことを‼

「ダメに決まってるでしょ、危ないよ！　側面超切れるからね⁉」

「そ、そうなの……表側は？」

あ、これ諦める気ないやつだ。

げっそりした顔になったと思うが、ラナの表情は変わらずワクワクしている。

信じられない。どこまで俺の想像を超えてくるのだろう？

「……表面なら大丈夫だけど……逆撫ではしないでね、皮膚剥がれるよ」

「えっ、表面も危ないんだ？　鮫肌《さめはだ》、みたいな？」

「さめはだ？」

「海の魚で鮫っているじゃない？　逆さに撫でると切れちゃうから鮫肌っていうの……んー、と紙やすりみたいな……」

「ふぅん？　ああ、うん、紙やすりは正しいかな。そんな感じ」

『青竜の爪』はうっすら青みのある白。側面は触れただけで切れる。

表面と裏側は目に見えないほど細かな刃が敷き詰めてあり、触る場合、先端の鋭い部分から上に向かってでないと人の皮など皮を剥いたトマトのようにたやすく流血沙汰になってしまう。

「色が薄いけど……一応触れるのね！」

……なぜこんなに嬉しそうアンド楽しそうなのだ。こんな危険で薄気味悪いもの、普通の令嬢が見たら悲鳴を上げて逃げ出すものだと思うのだが……。

と、とはいえ、そんなキラキラ可愛いラナを眺めていて気が緩めば即消える……！

ちゃんと集中していないと。うっかり動かしてラナが怪我したら泣く。俺が。

「お、おおおおっ〜〜！」

なにがそんなに面白いのか。

そりゃ触られたところで『竜爪』に感覚などないから、安全に考慮して、正しく触れるのは構わないけれど、そんな何度もさすさすと触るものではないと思うんですが、ラナさん……。

若干気持ち悪いくらい口半開きになってよだれ出てる……なにあれ……可愛い……。

「すごい……クールガンの爪もこんな感じなのかしら？　ヒロインを暴漢から助けるシーンとか、すっごくカッコ良かったのよねぇ！」

「？」

クールガンがヒロインを暴漢から助ける？　ヒロインってリファナ嬢のことだよな？

お、おいおい、『守護竜の愛し子』様を襲うような恐ろしい真似するやつが、この世にいるって言うのか？　嘘だろ？

小説――まんがの話、だよな？　そうであれ！

「……あ、そ、それを言ったら今日フランも私とファーラを……暴漢から助けてくれたのよね……、……あ、ありがとう……」

「……っ」

無理だな。と思って、爪を消した。驚かれたけど、だって、ラナが可愛いし……顔が……。

顔を腕で隠して、とりあえずにやけないようにがんばる。

「フ、フラン？」

「あ、いや……まさかそういう反応されるとは……思わなくて……」

「だって、本当のことじゃない。……それに……」

なにやら頬を染め、もじもじと指を合わせながら目を逸らすラナ。

え、今日のラナはなんなの？　可愛いがすぎない？　大体、俺の親父だって母さんに『竜の爪』のことを打ち明けて受け入れてもらえるまでは戦々恐々としていたらしいんだよ？

それなのに、ラナはあっさりと受け入れてくれた。

『青竜アルセジオス』に限らず、女の人にこの『加護』は怖いもののはずなのに。

それだけでも――めちゃくちゃ嬉しいのに……。

頬が緩んで仕方ない。こんなみっともない顔は見せたくないのに……その上、なんかやたらとラナが可愛いのは反則では？

そんな顔されたら……ものすごく、こう……！

「頭撫でたい」

「厨二《ちゅうに》キャラみたいでカッコイイし！」

「…………。……ちゅーにきゃら？」

「え？　なにか言った？」

「……いや、俺はなんにも言ってないです」

「？　なんで敬語？」

はしっ、と手で口を覆う。

え、言ってないよね？　ラナの頭を撫でたいって、願望声には出してないよね？　まさか？

口に出してないよな？　そんなわけ、ないと言って、誰か！

「い、いや、それよりなに？　ちゅーにきゃらって」

「クールガンは作者の厨二心が疼《うず》いたことにより生まれたらしいのよ！」

「…………」

あれ、改めて聞き直しても意味が分からなかった。

会話が……。ラナと会話ができなくなっている、だと？

うちのクールガンを生んだのはうちの両親だぞ⁉　なにを言っているんだ？　さ、さくしゃのちゅうに？　あ、『作者』か……いや、でも結局〝ちゅうに〟ってなに？

「いえ、厨二心は誰の胸の中にもあるものよね」

「⁉」

胸の中にある、こ、心？　感情的なものって意味？　誰の心の中にもあるの⁉　俺にも？

んんんんん？　そ、そんな1人納得されても……。

「だから羨ましいし憧れてたのよ！　まさかフランも『竜爪使い』だったなんて！　前世の私もその力があれば、社長を叩きのめして会社の屋上から放り投げてやったものを！」

「…………」

笑顔でなかなか酷いこと言ってる。いや、それだけのことをしていたよね、その『しゃちょう』って。しかし時々覗く『悪役』ぶりが清々《すがすが》しいな……！

「えーと、じゃあ……俺の『竜爪』、怖くないんだ？」

「全然怖くないわ！　むしろ羨ましい！」

「…………」

羨ましい、ってところはともかく——その、熱量。キラキラした瞳。

ああ、相変わらず俺の固定観念などひとっ飛びだな……。

「……ありがとう」

「こちらこそ！　見せてくれて、触らせてくれてありがとう！」
ハ、ハアーーーーーッ……!!　……無理。好き。

◆◇◆◇◆

翌日のことだ。

「俺はこの国に残る！」

……と、宣言するのはダージスである。

朝の仕事も終わり、朝食も食べ終わって一息ついた時に突然現れた奴——ダージスは、こちらの話もそこそこに、クラナを玄関の前まで連れていってその前に跪《ひざまず》き、いつ、どうやって用意したのか赤い薔薇《ばら》の花束を差し出してさらに続ける。

「だから、俺と結婚してください！」

……なんて面倒くさいことに……。と、思いつつ、子どもたちとレグルス、ラナも玄関のウッドデッキまで出てきてその成り行きを見守る。

まあ、普通に考えて振られるだろう。でもクラナはこの国に来て頼れる人間は非常に限られている。この国に居着くつもりなら、ダージスの貴族の身分は諦めなければいけないだろうけど……繋がりまでなくなるわけではないから、結婚相手としては便利——あ、いや、そんなに条件が悪い相手というわけでもないのではなかろうか。

一応『ダガン村』の人たちからは信頼されているようだから、人望はあるようだしね。

「でもちょっと急ぎすぎじゃない？」

「あの熱意があればどうとでもなりそうだけどね」

「だって絶対無計画じゃない？」

「うんまあそれは否定しないけど……」

色々横から文句を言っているラナ。

若干『君がそれを言うか？』と思わないでもないけど、貴族なんてそんなものだもんね。

まあ、ダージスの場合『散々忠告しただろうが！』と突いてやりたいぐらいだけど。

「え、ええと……ま、まだ、お会いして間もないので……」

「そ、それはそうですが！」

「ご近所さんからで、いかがでしょうか……」

「ご、ご近所さん……！」

ちら、とレグルスを見た。すでにお化粧で整えられて色艶《いろつや》の出たいつもの顔を、ニンマリと笑みで彩る。はいはい、昨日の時点できっちり対策も講じておいたわけね。さすがー。

「分かりました！　また、また必ず！　結婚を申し込みに参ります！」

「…………」

腰に手をあてがい、目を閉じて頭痛に耐える。アーチの向こう側から、今度は同じような薔薇の花束を持ったカルンネさんが「メリンナせんせえぇぇ！」と叫びながら走ってくるのだ。

やめておいた方がいい、カルンネさんよ……。メリンナ先生は、二日酔いでまだ寝ている！

しかも寝起き最悪で目つき凶悪だった。死ぬぞ！

「ウフフ、従業員確保もたやすそうネ」

「……ねぇ、レグルスあなた本気であの温泉で宿を始めようとか思ってないわよね？　さすがに私たちもキャパオーバーよ？」

「うん、無理無理」

「あんらァ！　なにも今年とは言ってないじゃな～イ！　いいのよ、計画はじっくり進めておくから２人はなぁんにも心配しなくってェ！」

「「…………」」

年単位、だと……!?

「だからアナタたちもちゃんと仲を進展させておくのヨ」

「「……！」」

「楽しみにしてるわネ、２人のお惚気《ノロケ》バ・ナ・シ」

そ、そういえば、恋人には、なったんだっけ。いや、忘れてたわけではないけど。

でも、恋人……恋人って、たとえばどんなことをするんだ？

…………………。て、手を繋ぐ？

5章　おむすび

ダージスがクラナに、カルンネさんがメリンナ先生に一目惚れしてから3日が過ぎた。

子どもたちは牧場仕事の覚えも早く、もはや即戦力では？

朝食を摂《と》ったあと、やんちゃ坊主のシータルとアルは畜舎から家畜たちを放牧場へ出すべくシュシュと飛び出していく。

クオンとファーラは空になった畜舎の掃除。アメリーはクラナとラナの後片づけの手伝い。

俺とニータンは家の中と外の掃除。

それらの朝の仕事を終えたあと、働き者のクラナとクオンは率先して洗濯や畑のお世話をしたり、ラナの作る創作料理を教わったりと、1日中動き回っている。

ニータンとファーラは空き時間になると文字の読み書きを学びたがった。アメリーは川や畑を眺めているのがいいと言って勉強を断る。……まあ、なんというか、独特な感性の持ち主なのだろう、多分。

今日もそんな感じになるのだろうと思っていたら、アーチ門をくぐる荷馬車が見えた。

いつもの配達屋さんじゃない。なんだろう、早くも嫌な予感がする。

家から出て階段を下ってる最中、その荷馬車から人が降りてきて「ユーフランちゃん〜！おコメ見つけたわヨォ〜！」というレグルスの声にスン……っと悟った。

……今日の予定はラナとレグルスの新商品作りか……。


「すごーい！　本当にお米を見つけてきてくれるなんて〜！　ありがとうレグルス〜!!」

「美味しいお酒のためだもノォ〜、頑張っちゃったワ！」

レグルスも結構お酒好きだな。

アーチ門から3つの麻袋を載せた荷馬車を敷地内に進め、停める。

自宅から出てきたラナの嬉しそうな顔を見たら、「めんどくさい」から「めっちゃ頑張る、なんでもやる」って気持ちになる俺、我ながらチョロい。

子どもたちも恩人のレグルスが来たので呼ばなくても集合。可愛いかよ。

「でも、エラーナちゃんがコメって呼んでたコレ、『ライス』っていうのヨ。聞いていた特徴がライスと似てたからもしかして、って思ったんだけど、やっぱりコレで合ってたのネ？」

「え、ライス……？　ええ？」

「ラナ、抑えてね」

「……モ、モチロンヨ……」

どうやらまた『ラノベのご都合主義による不思議植物』的なものが発動していた模様だ。

ラナがすごい表情で肩を震わせている。……よく叫ばなかった。偉いよ、ラナ。

「で、具体的にどうやってこの『ライス』でお酒を作るのかしラ？　『黄竜メシレジンス』のライス商人は、ライスで酒なんか作れないだろう、って言ってたわヨ」

「ふふふ……お米の存在を思い出して数カ月……ぼんやりとしてうろ覚えだった記憶を日々必死に思い出し、ノートにメモして整理してきた私のお米への執念を思い知ってもらう日が、ついに来たようね……」

なにそれ怖い。

「今ノート持ってくるから待ってて！」

「エ、エエ」

そう言って一度家の中に戻り、ノートを持って戻ってくるラナ。そしてそのまま外で、そのノートを見せてくれる。

綺麗な字で書かれた工程は13。

工程、①精米、②洗米、③浸漬《しんせき》、④蒸米《むしまい》、⑤麹作り、⑥酒母《しゅぼ》作り、⑦もろみ作り、⑧絞り、⑨ろ過、⑩火入れ、⑪貯蔵、⑫調合、⑬瓶詰め。

え、結構複雑そうで時間かかりそうじゃない？　これやるの？　マジ？

「ヘェ〜、すごいじゃなイ〜！　ずいぶん詳しく調べてあるのネ？」

「帰宅もできなくなり、お給料も安くてお酒が飲みたいのに飲めなくて心を病み始めた頃だったかしら。なぜか無心になってお酒の作り方調べてたのよね……」

「え？　なんて……？」

「なんでもないわ‼」

ものすごく一息でとても不穏なこと言いませんでしたか、ラナさん。

あ、あれか、〝しゃちく〟時代の闇《やみ》か……⁉　触れてはいけないやつか⁉

「よく分からないケド、ちゃんと工程も詳しく書いてあるし、知り合いの酒造家にかけ合ってみるワ。それで、エラーナちゃんはこのライスで他になにを作るつもりなノ？　なんか色々構想があるって言ってなかっタ？」

「そうなのよ‼　お米——じゃない、ライスがあればとんでもなく幅が広がるのよ！」

と言って早速レグルスが持ってきた麻袋を開けてみるラナ。そこには麦とはまた色形の違う穀物が、たっぷり入っていた。

ラナはそれを見て「きゃー！　籾《もみ》じゃなーい！　最高〜！　よく手に入ったわね！」と大喜びしている。……もみ、とは？

「残念だけどエラーナちゃん、ライスは『黄竜メシレジンス』の竜力と、『紫竜ディバルディオス』の竜力が重なる国境付近の、その影響を受けた粘り気のある土質の土地でないと生育に適さないんですってテ。だからいくらこの国に植物の育ちやすい特徴があっても、恐らく育たないワ。土って言われちゃうとネェ」

「ええーーーーっ！　……そ、そうなのね……。それじゃあこの国でお米……じゃない、ライスを育てるのは無理なのね……」

残念でした。

しかし、『黄竜メシレジンス』の国境付近にしか育たない穀物だったのか。確かに『黄竜メシレジンス』は穀物の国。ラナの言う『コメ』があるとしたらあの国辺りだろうとは、思ってたけど……。

うちの牧場じゃ作れないって輸入するしかないってことだよな？

牧場カフェのメインメニューにするには、輸入品を使うのって安定性に欠けるのでは。

「仕方ないわ、それなら諦めてここにあるお米、じゃないライスを使って色々試してみましょう！　っていうわけでフラン！　籾すりをするわよ！」

「って、どうやるの？」

「待って、エラーナちゃん。どう使うつもりなのか分からなかったから、籾ももらってきたけど脱穀《だっこく》したものも買ってきたからラ」

「さ、さすがレグルス！　それなら話が早いわ！　フラン、焚き火の準備して！　外でご飯を炊《た》くわよ～！」

「よく分かんないけどりょうか～い。ほら、シータル、アル、ニータンは手伝って。まず森から薪《まき》集めてきて」

「お、おお！　外で飯作るのか⁉」

「そうだね、たまに外で食べたりするね。バーベキューとか」

「おおお～！」

やはりやんちゃ坊主たちはアウトドアなことが大好きみたいだ。ニータンだけテンションが下がった気がするが、諦めろ。

ラナは女子たちを連れて家の中から鍋や桶を持ってくると、桶でライスを洗い始めた。

ライスを洗う——洗米というやつだそうだ。

ライスなら俺も『紫竜ディバルディオス』に行った時に飯屋で食べたことがある。

穀物とは思えないしっかりとした食感と独特の甘さ、湯気に香りがついていて、焼き魚と一緒に口の中へかき込むと、不思議な懐かしさを覚える食べ物だ。

『紫竜ディバルディオス』の主食の穀物であり、あの国ではお菓子にもライスが使われていた。

もしかしてラナが作ろうとしているのは、『紫竜ディバルディオス』の食べ物なんだろうか？

『緑竜セルジジオス』と『紫竜ディバルディオス』は大陸の端と端。この国ではかなり珍しいかもしれないけど、いつものラナなら誰も目にしたことのないものを作るような……？

「薪拾ってきたぜ！」

「外で飯を食うとかどうやるんだ!?」

「まず、こうして大きめの石で円を作る」

時々ラナと外で食事をしていたのでそれ用の石はある。丸く並べて、中に薪を空気が入るように左右交互にして重ね、中心に乾燥した小枝や枯れ葉、それでも火点《つ》きが悪ければルーシィたちから牧草をちょっと拝借。――そして火を点ける時はコレを使う。

「アラ、なあに、その細長いモノ！」

さすがレグルスめざといな。

「これはラナに頼まれて作った『着火ライター』。火を起こす竜石道具」

「火を起こすノ？　わざわざ竜石道具デ？　マッチがあるのニ？」

「これがマッチより楽なんだよね」

スイッチをカチッと入れると、ボッと火が点く。それを種火にして、焚き火をする。

正直コレはコンロのない一般家庭を救うんじゃないかと思う。マッチは安価だが消耗品だし、子どものいたずらによるマッチの火災事故は、毎年どこの国でも火災理由のトップ10に必ず入ってくる。

マッチの生産者には申し訳ないと思うし、マッチそのものが悪いわけではないが、俺は『着火ライター』の方が楽だし安全性も高いと思う。

レグルスはそれを言うと「アラァ、便利なモノが新しい時代を作っていくのは普通ヨ～」と言い放つ。まあね。ただ、これまでと違って既存の職人の仕事を奪うモノだから。

って言うと、「そんなにすぐに廃《すた》れるモノならとっくになくなってるわヨ～」と片づける。

見習いたい、その図太さ。

「ユーフランちゃんは意外と職人気質よネェ～。他の職人を心配するなんテ。大丈夫ヨォ、マッチ専門の職人なんていないんだからラ～。それにいくら便利でも、市場で受け入れられるかは分かんないわヨ、ソレ」

「え、そうなの？」

「そうヨ。今まで作ってきたモノは貴族ウケがいいモノが多かったじゃなイ？　でもコレはどう見ても完全に庶民《しょみん》向けの竜石道具。新しいモノが嫌いな人や、消耗品でイイっていう人もいるし、値段によっては購入を諦める人もいると思うワ」

「……」

そうか。言われてみると確かに。

平民向けに小型で、頑張ってお金を貯めれば買える、をコンセプトにした冷蔵庫や食洗機はレグルスの商会からすでに売り出されている。

しかしそういうものは平民の中でも裕福な層の購入者が多い。

俺やラナが考えていた——たとえば『エクシの町』でワズが卵を売りに行くような長屋に住む、あまり裕福と言いがたい平民層には普及していないのだ。

根本的な問題だと思う。こういうのは、職人や商人だけで改善できるものではない。そういうのはクーロウさんやおじ様の領分だろう。

……ああ、だからおじ様は『竜石職人学校』なんて作ることにしたのか。

興味なかったし、ぼんやり「雇用のため」って意識はあったけど、いざ自分が失業者を生み出す原因になりそうだと見方が変わるな。

まあ、コンロや竜石窯《がま》も木こりや薪職人の仕事を奪ってるといえば奪ってるんだろうけど……『緑竜セルジジオス』の木材は他国にも出荷されてるしね。

でもそうか、おじ様はこれから自分の領地と民を豊かにしていくために『竜石職人学校』を作ろうとしてんのね。……なんか変な当事者意識が芽生えてきてしまったじゃないか。ちっ。

「……交渉はラナとやってね」

「アラァ、言われなくてもそのつもりヨ〜〜〜」

おお、こわ。

「フラン、火の準備終わった？」

「うん。……で、それをどうするの？」

「ふふふ、これを煮るのよ！」

「煮る？　ライスを？」

鍋の中を覗くと、ライスの他に水がたっぷり入っている。

完成品は麦粥《むぎがゆ》みたいな感じ？　でも、『紫竜ディバルディオス』で食べたライスはもっちりしていたけど、ほんのり芯《しん》が残っていた。

「そうよ！　お鍋が大きいし、ライスと水の量も多いから、完成まで1時間以上かかるかも」

「そ、そんなに!?」

これにはシータルでなくとも声を上げたくなる。1時間！　小麦パンも生地を寝かせて発酵させたり、こねて焼いたり時間のかかる食べ物だけど……。

いやー、ラナの作るものって美味しいけどホント手間暇かかってるよね〜。

……ん？　逆かな？　手間暇かかってるから美味しいのかな？

なんにしてもそれまでどうすんの？　って思ったら――。

「でも時間を無駄にはしないわよ！　ご飯が完成するまで米粉を作るわよ！」

「「「コメコ？」」」

俺とレグルスとクラナの疑問の声が重なる。まーたなんか言い出しましたよこの人。

「そう！　米粉！　言うなればライスの小麦粉バージョンね。ライスを粉になるまですり潰すのよ！」

「な、な――！」

「ナンデスッテーーーー!?」

頬に手を当て、未だかつてないほど驚いて叫ぶレグルス。それもそうだろう、苦労して探して、わざわざ3袋も買ってきて荷馬車で運んできてくれたのはレグルスなんだから。

それに粉にするって、ライスは小麦に比べてかなり固い穀物だ。

水から火にかけて1時間以上煮込んで柔らかくなるのかも怪しいと思ってる。

そんなものを、粉にする……？　マジ？

「……というわけで、こちらをすり鉢とすりこぎで――」

「待って、まさか……」

「そのまさかです。さすがフランね」

おあーーーーっ!!　やっぱりぃーーーーっ！

ラナが持ち出してきたのは胡麻《ごま》や胡桃《くるみ》を砕いてすり潰す道具。なお、手動。

「コ、コーヒーミルで代用できないの？」

「え？　どうかしら？　でもコーヒーミル壊れない？」

「壊れたら直すから！」

それだけは！　手動だけは!!　そういうのはシフォンケーキでこりごりなので！

コーヒーミルはコーヒー豆を砕いて粉にする道具。硬いものを砕いて粉にするなら、こっちでよくない!?　うちにあるコーヒーミルは、ラナ提案で竜石道具にしてある。

そう、全自動なのだ!!　壊れたら俺が直すし、直せないなら新しいの作るし！

「そっか、じゃあコーヒーミルで代用して試してみましょう！」

「というか、ライスを粉にしてなに作るの？」

「小麦粉と同じくらい使い道があるわよ。米粉パンや米粉ドーナツ、米粉パンケーキにお団子、蒸しパンケーキ、クッキー、スコーン、クレープ……桜餅とかも作れちゃったり……！　あ、そういえば唐揚げにも使えるって聞いたことあるわ！」

なんかこのラナの姿、デジャブ……。

「小麦粉の代用品になりえるってコト？　ふぅん……？　それは確かに興味あるわネ。ライスのレシピなら『黄竜メシレジンス』や『紫竜ディバルディオス』に需要がありそうだもノ」

即座に売りさばく先を判断するレグルス。そしてそれが儲けに繋がると確信したら、さっきまでの悲壮な表情はいつものあくどいものに変わる。

「面白そうネ！　アタシも試食してみたいワ！　美味しければ、『緑竜セルジジオス』や隣国の『黒竜ブラクジリオス』や『青竜アルセジオス』の王侯貴族に、『紫竜ディバルディオス』や『黄竜メシレジンス』の客人をもてなす珍しいお菓子として売り出せるかもしれないしネ〜！」

「でしょ〜!!」

……と、いつもの感じでレグルスとラナが盛り上がって参りました。

まあ、こうなると当然米粉——もといライス粉の精製が始まるよな……。

コーヒーミルを持ってきて、精米されているライスを入れる。起動させればゴリゴリ白い粉が下の器に溜まっていく。

子どもたちがそれを興味深そうに眺めていた。確かに見てるのはちょっと楽しいかも。

「うん。まずはこれで米粉もといライス粉ドーナツを作ってみましょう！　クラナ、クオン、ファーラは手伝ってくれる？」

「はい！」

「じゃあ、アタシは作り方を見学させてもらうワ。レシピはちゃんと買い取るから安心してネ！」

「もちろんよ！　絶対損はさせないわよ〜。フランたちはライスを煮込んでる鍋と、ライス粉作りを引き続きよろしくね！」

「それはいいけど、ライスの方はラナがどういう風にしたいのかいまいち分からないんだけど」

「ああ、そうね……まあ、でもそう簡単には出来上がらないから、先にライス粉ドーナツを試作してくるわ!! ライス粉ドーナツならあんまり甘くないから、フランも美味しく食べられると思うし。ライス粉で作ると、小麦粉と違って食感がもっちもっちもっちなのよ」

「もっちもっち？」

それは、シュシュの肉球みたいな？ へえ～、ちょっと楽しみになってきた。

そうしてラナたちは火の温度調節のできるカフェ厨房へと入っていく。

チラリとシータルたちを見ると、いかにも「待ってるだけなんてつまらない」といった拗ね顔。コーヒーミルでライス粉を作るのも、5分もすれば飽きそうだよな……。

「ねえ、ユーフランさん……クラナに告白してきたダージスって、どんな人？」

「え？」

そこで話題を振ってきたのはニータンだ。心なしかその表情には強めの敵意が滲《にじ》んでいるような気が──しなくもない……。

そしてニータンのその発言にシータルとアルのやんちゃ坊主たちも強めに反応を示す。

「そ、そーだぜ！ あいつ、なんか馴れ馴れしくクラナねーちゃんにキューコンなんかしてきやがったけど、どんなやつなんだよ！」

「あんま顔カッコよくねーよな！」

「顔はともかく、どういうつもりでクラナに告白してきたの？　一目惚れって言ってたけどほんとかな？　クラナが田舎者でなんにも知らないからって騙そうとしてるとかじゃないの？　なんか偉そうだし着てるモノは良さそうだけど、お金持ってなさそうだった」

「あ……あ、う、うん……い、今はあんまり持ってないんじゃないかな……？」

あれ、ニータンさん？　ちょっと質問が的確にダージスの痛い部分をドスドスにぶっ刺していませんかね……？　あと、目が据わってるんですが？　え？

ダージスの奴、ニータンの審査にめちゃくちゃ引っかかってんじゃん……？

「あー……そ、そうだな……ダージスは――」

なんで俺がこの子らに責められてるみたいになってんの、解せぬ。

だが、この子たちはこの子たちなりにクラナのことを心配しているんだな。

その気持ちは伝わってきたので、俺の知る範囲のダージスを教えてあげよう。

「…………」

口を開けて、固まる。今自分が告げようとしていた単語を、一度ゆっくり飲み込む。

いかん、めっちゃ危ねぇ。根性なしのヘタレですぐ人に頼ってくる仕事のできない出世の見込みもない、思いやりしか取り柄のない男──は、さすがにダメだと思う。

「……うん、思いやりがあっていい奴だよ。貴族なのに自分の地位を捨ててでも平民を助けて隣国に支援を求める橋渡ししたり、根性あると思うよ」

「「「…………」」」

……だいぶいいところを厳選して伝えたんだが、なんでか3人の眼差しが冷たい。なんで。

「ま、まあ、でも、なにかあればレグルスやラナもいるし……クラナもしっかり者だし……ちゃんと『ご近所さんから』ってことで話はついてるし、そこから関係を進められるかどうかはダージス次第だと思うし、クラナにそこまで男を見る目がないとかじゃないなら、見守っててあげたらいいんじゃない？」

「「「…………」」」

顔を見合わせる3人。

おおう、俺、このくらいの歳の男子はそういうの分からないし、興味もないもんと思ってたよ。意外と気にするもんなんだな？

それともクラナ──お姉ちゃんが盗られると思っているのだろうか？

それはそれで可愛い奴らじゃないか……。

「……どうおもう？」

「クラナねーちゃんを泣かせたら後ろからぶん殴ってタコ殴りにしよーぜ」

「二度とクラナに近づけないように思い知らせよう」

「「おう!!」」

……3人の力関係が未だに謎だけどクラナが関わると3人が一致団結するということだけは分かった。なんだそれ、可愛いな。

「……なにかあったの?」

しかし、こんな小さな子がこんなに気を使うなんて。クラナに以前男関係でなにかあったのだろうか? 確かに年頃の女の子だから、色々気を使う必要はあると思ってたけど。

「んー、『赤竜三島ヘルディオス』にいた時、族長の息子とかが『年頃になったら6番目の妻にしてやる』ってエラソーに言ってたんだ! おれらのこと、助けてもくんねーくせに! だから『赤竜ヘルディオス』様の祭壇《さいだん》でチクってやったんだ!」

「そしたら『赤竜ヘルディオス』様がそいつらの夢に出てきて怒ってくれたんだぜ! あとおいらたちんとこにも出てきて、クラナねーちゃんやクオンやファーラやアメリーを守るんだぞって! 守護竜様と約束したんだぜ! すげーだろ!」

「へえ……そんなことあるんだ。すごいね。……それじゃあ、しっかり守ってあげなきゃね」

「「おう!!」」

という話をしながら約1時間、外の俺たちは鍋の中身を確認しつつライス粉作りに勤しんだ。

鍋は水が沸騰して、お湯は粘り気を帯びてきた。それでも煮込み続けると、蓋《ふた》が持ち上がるほど吹き出してくる。驚いてラナに相談しに行ったら、それでいいらしい。

「でもちょうどいいところにきたわ、フラン！　ライス粉ドーナツできたわよ！」

「へ？」

揚げたてのドーナツを紙の敷かれたお菓子用の籠《かご》に詰め、外へと運ぶ。店の中で揚げたてを食べたレグルスと女子たちは「美味しかったねー」「これは新食感ヨォ〜！　売れるワ!!」「でしょー！」っときゃっきゃしている。

……レグルスがああ言ってるってことは、ラナは見事に商談をまとめたな……。

「どれどれ〜、ご飯……じゃなかった、ライスは炊けたかしら〜」

と言って、ラナは焚き火のところまで来ると、シータルとアルとニータンにライス粉ドーナツを手渡す。初めて見るお菓子に瞳を輝かせるところは、全国共通だな。

「食っていいの!?」

「もちろんいいわよ。あなたたちが今作ってるライス粉で作ったんだもの。食べたら感想を聞かせてね。フランも食べてみて」

「あ、う、うん。それじゃあ、いただきます」

思ったよりかなり小さいドーナツ。まあ、そもそもラナたちに渡したライス粉があまり多くなかったしな。どれどれ……ぱくり。

「!? ……? !? ……?」

「どう？　面白い食感でしょう？　これが〝もっちもっち〟よ！」

もっちもっち！　た、確かにこれまでにない食感だ。

噛みきれないわけじゃないけど、口に入れた瞬間、噛もうとする力に反発してくる。

噛みちぎったあと噛むと、ラナの言った擬音——もっちもっちの食感。

肝心の味も、『紫竜ディバルディオス』で食べたライスの味。油で揚げているから独特の甘さが出ているだけでなく、素朴で懐かしい気持ちになる。

もっちもっちの新食感と相俟《あいま》って、子どもたちとレグルスが興奮するのも分かる。……子どもたちとレグルスで興奮する理由は違うけどね。

「美味い……あんまり甘くないし、食感も面白いし……」

「でしょー！」

これはゲルマン陛下やロザリー姫、トワ様もロリアナ様もワズも喜びそう。

身分も老若男女も関係なく楽しめるおやつだ。

『紫竜ディバルディオス』や『黄竜メシレジンス』のお菓子を全部知ってるわけじゃないけど、さすがにライス粉を使ったお菓子はないんじゃないかな。あの国で試食したお菓子は、どれも『お餅』や『あんこ』などが使われていた。

お餅はライスの品種の1つで、粘着力が強いもの。あんこを包んだり、丸めてそのまま食べたり、汁物の中に入れたりすると教わった。

ただ、あの国のお菓子どれもめちゃくちゃ甘いんだよ。長持ちもしないし、長持ちする種類の菓子類はなぜかしょっぱいものが多くて『青竜アルセジオス』では不評だし。

でも、これはいいな。ライスは穀物だから粉にしても長距離輸送に耐えられる。輸出先での使用方法が広まれば、『紫竜ディバルディオス』や『黄竜メシレジンス』も損をしない。

「ライスは腹持ちもいいから、子どものおやつにぴったりなのよ。シータルたちはどう？」

「「お代わり！」」

「おいしかったです」

「でしょー！　でもお代わりはないわよ。今からご飯作るんだから」

「「えええーーーー」」

不満げなやんちゃ坊主たち。だが、ラナが鍋の蓋を取ると一瞬で満面の笑みになる。

鍋の中は光り輝く真っ白なライス粒で埋め尽くされていた。『紫竜ディバルディオス』の飯屋で食べたライスって、こんなに輝いてたっけ？

「さ、お皿に盛って！　炊きたてのライスをまずはなにもなしで味わってみましょう」

「わー……真っ白できれ～。これ食べられるの？」

「焼きサボテンと全然違うな」

「熱いから気をつけるのヨ～。ホラ、よそってあげるからお皿寄越しなさイ」

レグルスがなかなか豪快に子どもたちの皿へライスを盛っていく。

まあ、俺も子どもはたくさん食べればいいと思ってるけど。

俺とラナも皿に盛って、木スプーンですくっていざ実食。

「……」

感想、熱くて味が分からない。

『紫竜ディバルディオス』で食べたライスは冷たかったから、味はあんまり覚えてないんだけど……炊きたてって、ほかほかでものすごくもちっとした食感。それに粘り気と弾力、甘みがものすごく強いんだな。

「うーん、なんというか、スタンダードな味ね。香りも弱いし……丼物なら合いそうかしら」

「アラ、なになに、ドンブリモノってェ。興味あるワ～」

「それはまた今度！　今日はどうしてもこれで作りたいものがあるのよね～」

「作りたいもの？」

「まあ、見てて」

いつものドヤ可愛い顔で、ラナは鍋の中のライスを木皿に盛ると、桶に入っていた冷水に手を浸け、びしょびしょのままその盛ったライスを持ち上げた。

「え!?　ラナ、ダメだ！　火傷するよ!!」

「大丈夫よ。こういうのはコツがあるの」

と言って、手に取ったライスをポンポン手のひらの上で転がし、三角形に固めていく。

これは……もしかして……。

「おむすび？」

「えっ!?　もうあるの!?」

あります。

持ち運びができる軽食として、『紫竜ディバルディオス』ではポピュラーな食べ物です。

「な、なーんだ。おにぎりはあるのね」

〝オニギリ〟？　ラナの前世の呼び方かな？　ラナの探してた『コメ』や、ラーメンを食べる時に欲しがられた『ハシ』も『紫竜ディバルディオス』のものだし、ラナの前世の世界って『紫竜ディバルディオス』に似てるのかな？　……連れていったら喜ぶだろうか？

「オニギリって『紫竜ディバルディオス』のオムスビのコト？　エラーナちゃんって『紫竜ディバルディオス』の文化に詳しいわネェ？」

「え？　あ、う、うーーーーん？　ま、まあね？」

思い切り目ぇ背けてる……。ビシッと「王妃教育を受けてきたから」って言うと、それはそれで今後ボロが出そうだもんね……。

「というか、これで終わりじゃないわよ！　フラン、焼き肉用の網《あみ》をお願い！」

「はいよー」

なんとなく用意していた、焚き火で肉を焼く時用の網を重ねた石の上に置く。

ラナはその網の上に握ったおむすびを置くと——え？　おむすびを、焼く!?

「焼くの!?」

「焼くノォ!?」

「焼くのよ！　でもただ焼くだけじゃないわよ〜。こうして、ユショーに少し水を混ぜたものを表面に塗るの。ひっくり返して、両面にね。焼いて乾いたら重ね塗りするのよ。これを繰り返して、しっかり焦げ目が分かるくらいになったら出来上がり！　ユショーだけだとしょっぱくなりすぎるから、この辺は好みの問題だけど……」

そう説明しながら、薄めたユショーをお菓子用のハケでおむすびの表面に塗っていくラナ。

え、ちょっと待って？　なにこの芳しい香り。

ごくん、と無意識に口の中に溜まった唾液を飲み込んでしまう。そのくらい、食欲をそそる香りだ。おかしい、今し方ドーナツや炊きたてライスを食べたばかりなのに。

「うまそ〜〜〜」

「いいにお〜い！」

「まだ食えないの⁉」

「あら、みんな食べたいの？　じゃあおむすびもっと握りましょう。食べたい人は残ってるライスでおむすびを作ってみましょうか」

「「「わ〜〜〜〜！」」」

俺と同じくこの香りに完全にやられたシータルとアルとクオン。

レグルスが「アタシも食べたイ〜！」と挙手するので、クラナやファーラも我慢をやめたのか、「「わたしも〜」」と言い出す。かわいい。みんなが「食べる」と言えば、ニータンとアメリーも「食べる」と言い出す。だよね。

ドヤ顔のラナによるおむすびの握り方講座が始まった。ドヤ可愛い。

その上、焼きおむすびの管理もしっかりやっている。さすが。

「じゃあ、みんなで焼いてみましょうか！」

「「「はーい！」」」

最初に焼いていたのを木皿に載せ、子どもたちが握ったおむすびを網の上へ載せていく。

焼き上がったそれ――。

「その料理、名前はなんていうの？」

新たなラナ語を期待しながら聞いてみる。〝おむすび〟自体はラナの前世の世界のものと同じみたいだが、ラナは〝おむすび〟を〝おにぎり〟と呼んでいた。微妙になにかが違うのかも。

「ユショー焼きおむすびね！　お味噌《みそ》なら味噌焼きおむすび！」

『焼きおむすび』。割とそのままのネーミング。

でも塗る調味料によって名前が違うんだ？　へー。……みそ？

「というわけで、フラン、私と一緒に試食してみる？」

「え？　いいの？」

「みんな同じもの作ってるんだもの、いいのいいの。……えーと」

「？」

突然、これまでのドヤ顔がなりを潜める。その代わり、目許が急速に赤味を帯びていく。

ちゃっかり持ってきていたマイ箸《はし》で、焼きおむすびを半分に割りながら、絶妙に泣き出しそうな表情で肩を震わせている。

い、一体どうしたんだ？

「あ、ぁ～、あの、その」

「？」

「……あ、あーん」

「え⁉」

木皿を片手に、右手の箸で器用に割ったおむすびを俺の口許に持ってくる。

って、いうか、え？　あ、あーん、って？　まさか、まさか？

「あ、味見よ、味見。なによぉ、私が作った焼きおむすびは食べられないっていうわけ？」

と、突然の逆ギレ⁉　いやいや、そんなことはないけれど！

ただ、周りの目が気になる――と、レグルスや子どもたちを見ると、ユショーを塗る順番を巡ってユショー皿とハケの奪い合い真っ最中。誰1人こちらに意識を向けていない。

「……」

それならば、いいのかな？

ものすごく恥ずかしいし、本当にいいのかなって不安になるけど……すでに待たせすぎなのか、ラナの表情がどんどん拗ね顔になっていく。

突き出した唇が可愛すぎて、俺の顔面から湯気でも出ていそう。え、出てないよな？

「早く」

「は、はい！　いただきます」

ラナの表情が拗ねどころか、怒りに近くなってきたので慌てて差し出された一口サイズの焼きおむすびにかぶりつく。

もぐもぐと咀嚼《そしゃく》するけど、味など分かるはずもなく。

「どう？　美味しい？」

「う、うん、すごく……」

と、答えてはみたものの、「でしょ、お焦げの部分、美味しいでしょ？」と、具体的なことを言われても分からないんだってば。正直咀嚼に全神経を集中していて、気絶しないように意識を逸らすので精一杯——!!

「おむすびって……言うのよね、これ」

「？」

俺にしか聞こえないような小さな声。

箸で焼きおむすびを食べやすいサイズにほぐしながら、ラナは語る。

「私『おにぎり』って呼んでたわ」

「同じものなのに呼び方が2つあるの？」

「そうね、住んでる場所によって同じものでも呼び方が違ったりっていうのはあるわね」

「ふうん……？」

「でも、この世界は『おむすび』なのね。いいと思うわ。……『結ぶ』って言葉、素敵だもの」

「ああ……」

全然意識したことないけど、確かにそういう見方もできる名称だ。

ラナはすごいな、よくそんなところに気がつくものだ。意外とロマンチストなのか？

「……ラナの前の世界も」

「うん？

「素敵な意味のある言葉がたくさんあるね」

「……！　そうね、そうかも。うん、そうだったわ」

カフェの名前も、小麦パン屋の名前も、ラナの前世の言葉では人と人との繋がりを意味する。

そういうの、もっと教わろうかな。

便利なものだけじゃなく、ラナの見てきたもの、知ってることでつらく悲しくないものは全部。もっと、俺も知っていきたい。ラナのこと。

「この『おむすび』で、この子たちともよりよいご縁で結ばれるといいわね」

「ああ、そうだね。仲良くやっていけるといいね」

君とも、せっかく『仮夫婦』ではなくなったことだし。
まあ、この先は俺の頑張り次第だと思うし、頑張ろう。
……まずは毎回気絶しそうになるのをなんとか、します。

あとがき

どうも、古森きりです。

皆様の応援のおかげで、3巻を発行させていただけました！　この場を借りまして改めて、読んで応援してくださった皆様、ツギクルの担当さんや、3巻も素晴らしいイラストの数々を描いてくださったゆき哉先生、書籍化に携わってくださった関係者の皆様、そして家族にも御礼を申し上げます。

本当にありがとうございました。

電子書籍版は8月24日頃からの配信となります。電子書籍派の皆様はお待たせすることになりますが、こちらでもどうぞよろしくお願いします。

ちなみに、今回のQRコード特典（帯の後ろのQRコードを読み込むと、特典SSを読むことができるのでどうぞお試しください！）のラインナップはこちら！

・side　エラーナ
・side　アレファルド
・メリンナという薬師と、アイリンという令嬢の話
・ユーフラン被害者の会

・カカオからチョコレートを作るのはとても大変である。
いつものエラーナ視点と、アレファルドの話はWEB版の加筆、他のお話は書き下ろしです。

メリンナとアイリンのお話はどこかでずっと書きたいと思っていたので、ちょっとすっきりしました！　そんな感じでQRコード特典もお楽しみいただければ幸いです。

また、『追放悪役令嬢の旦那様』のコミックス2巻も7月29日に発売となりました！

コミカライズ版を描いてくださっているなつせみ先生にも、この場を借りて御礼申し上げます。いつも可愛く描き上げてくださりありがとうございます。今度もよろしくお願いします。

そして、なんと白泉社様発行の漫画雑誌LaLa 9月号に『追放悪役令嬢の旦那』コミカライズ特別出張編が掲載されております！　本誌です、本誌！

ありがたくも、そちらのシナリオを書かせていただきました。原作3巻の小ネタも入っておりますので、ぜひチェックしてみてくださいませ～！

最後に『今日もわたしは元気ですぅ！！（キレ気味）～転生悪役令嬢に逆ざまぁされた転生ヒロインは、祝福しか能がなかったので宝石祝福師に転身しました～』がKラノベブックスf様より発売中です。コミカライズもマンガアプリ『Palsy《パルシィ》』様と『pixivコミック』様で連載中です。完結済みですので安心してお買い求めください。

古森でした。

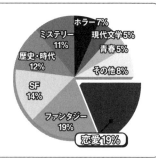

妹ちゃん、俺リストラされちゃった
～え、転職したら隊長？
スキル「○○返し」で
楽しく暮らします～
著 アメカワ・リーチ　イラスト なかむら
双葉社で
コミカライズ決定！
王国一のギルドに転職したらいきなり
隊長に抜《ばっ》擢《てき》されました！
大手ギルドに勤めるアトラスは、固有スキル「倍返し」の持ち主。受けたダメージを倍にして敵に返し、受けた支援魔法を倍にして仲間に返してパーティーに貢献していた。しかし、ある日「ダメージばかり受ける無能はいらない」と、トニー隊長を追い出されてしまう。そんな不憫な様子を見ていた妹のアリスは王国一のギルドへの転職試験を勧め、アトラスはいきなりSランクパーティーの隊長に大抜擢！　アトラスがいなくなったことで、トニー隊長たちはダンジョン攻略に失敗し、Cランクへと降格してしまう。アトラスに土下座して泣きつくが、時すでに遅し。王国一のギルドで楽しくやっていたアトラスは、トニー隊長の懇願を一蹴するのだった――
妹ちゃんのアドバイスで人生大逆転した異世界ファンタジー、いま開幕！
定価1,320円（本体1,200円＋税10％）　ISBN978-4-8156-0867-5
ツギクルブックス
https://books.tugikuru.jp/

騎士団長の息子は
悪役令嬢を溺愛する
著 yui/サウスのサウス
イラスト 春が野 かおる
騎士団長の息子はただひたすらに甘々です!
双葉社でコミカライズ決定!
「アリス、貴様とは婚約破棄する!」そんな声と共に前世の記憶を思い出した騎士団長の息子エクス。夜会の会場にて今まさに王子の婚約破棄が行われているその状況で、彼は前世の乙女ゲームにて全く同じ展開があったことを思い出す。あきらかに冤罪なのに、悪役令嬢を責める王子と他の攻略対象。そして、こっそりと不敵に微笑むヒロインを見たとき、彼は決意した。大好きな悪役令嬢を救って自分のものにしようと。これは乙女ゲームの攻略対象の一人、騎士団長の息子に転生した主人公が悪役令嬢を溺愛していく甘いだけの物語。
定価1,320円(本体1,200円+税10%)
ISBN978-4-8156-1043-2
ツギクルブックス
https://books.tugikuru.jp/

ツギクルブックス　https://books.tugikuru.jp/

逆行した悪役令嬢は、なぜか魔力を失ったので深窓の令嬢になります
1～3
著†蒼伊
イラスト†RAHWIA
コミカライズ企画進行中!
魔力がなくても精霊と一緒に未来を変えます!
魔力の高さから王太子の婚約者となるも、聖女の出現により
その座を奪われることを恐れたラシェル。
聖女に悪逆非道な行いをしたことで婚約破棄されて修道院送りとなり、
修道院へ向かう道中で賊に襲われてしまう。
死んだと思ったラシェルが目覚めると、なぜか３年前に戻っていた。
ほとんどの魔力を失い、ベッドから起き上がれないほどの
病弱な体になってしまったラシェル。悪役令嬢回避のため、
これ幸いと今度はこちらから婚約破棄しようとするが、
なぜか王太子が拒否!?　ラシェルの運命は──。
悪役令嬢が精霊と共に未来を変える、異世界ハッピーファンタジー。
1巻：定価1,320円（本体1,200円＋税10%）　ISBN978-4-8156-0572-8
2巻：定価1,320円（本体1,200円＋税10%）　ISBN978-4-8156-0595-7
3巻：定価1,430円（本体1,300円＋税10%）　ISBN978-4-8156-1044-9

異世界でレシピ本を発行しようと思います!
iSekai Recipe Book
著：櫻井みこと
イラスト：漣ミサ
RECIPE
異世界でレシピを極めれば、
恋もハッピーエンド!
騎士団長さん、
一緒に料理を
作りませんか?
双葉社でコミカライズ決定!
喫茶店に勤務していた料理好きの琴子。自らレシピサイトを運営するほど料理にのめり込んでいたが、気付いたら異世界に迷い込んでいた。異世界で食堂を経営している老婦人に拾われると、そこで得意の料理を提供することに。あるとき、容姿端麗な騎士団長がやってきて悩みを聞くうちに、琴子はあることを決意する——。
突然の転移でも得意の料理で世界を変える、異世界レシピファンタジー。
定価1,320円（本体1,200円＋税10%）
ISBN978-4-8156-0862-0
ツギクルブックス
https://books.tugikuru.jp/

ツギクルブックス

愛読者アンケートに回答してカバーイラストをダウンロード！


愛読者アンケートや本書に関するご意見、古森きり先生、ゆき哉先生へのファンレターは、下記のURLまたは右のQRコードよりアクセスしてください。

アンケートにご回答いただくとカバーイラストの画像データがダウンロードできますので、壁紙などでご使用ください。

https://books.tugikuru.jp/q/202108/tsuihouakuyakureijo3.html

本書は、「小説家になろう」（https://syosetu.com/）に掲載された作品を加筆・改稿のうえ書籍化したものです。

追放《ついほう》悪役《あくやく》令嬢《れいじょう》の旦《だん》那《な》様《さま》3

2021年 8 月25日　初版第1刷発行
2021年10月20日　初版第2刷発行

著者　古森《こもり》きり

発行人　宇草 亮
発行所　ツギクル株式会社
〒106-0032　東京都港区六本木2-4-5
TEL 03-5549-1184
発売元　SBクリエイティブ株式会社
〒106-0032　東京都港区六本木2-4-5
TEL 03-5549-1201

イラスト　ゆき哉
装丁　株式会社エストール

印刷・製本　中央精版印刷株式会社

ISBN978-4-8156-0857-6
Printed in Japan